¿Quién es esa chica?

CELINE & ENZO

Título: *¿Quién es esa chica? – Celine y Enzo - Libro 2.*
© 2025, Ivonne Vivier
De la edición y maquetación: 2025, Ivonne Vivier
Del diseño de la cubierta: 2025, Cálice Servicios Editoriales
Copyright **Case #**: 1-14690817848
Primera edición: Mayo, 2025
ISBN: 9798280184244
Sello: Independently published

Agradecimientos

Escribir una historia como esta fue todo menos un proceso aburrido. Aunque las primeras palabras nacen en silencio, en ese rincón íntimo entre el alma y la pantalla, el camino que lleva hasta aquí está lleno de voces, empujones y no solo de las musas, también de gente maravillosa que merece un agradecimiento profundo. Y qué mejor que hacerlo con una mención en este apartado tan importante como la mismísima novela.

Comencemos con mi familia, por ser mi base firme, incluso cuando me pierdo entre diálogos, escenas y playlists infinitas que me inspiran. A mi esposo, por su paciencia y por sostenerme incluso cuando no entiende del todo por qué necesito escribir sobre una pelirroja sexy a las dos de la mañana… o sobre un padre soltero que me tiene enamorada (mantengamos esto en secreto). A mis hijos, que me llenan de orgullo y me recuerdan cada día por qué vale la pena luchar por lo que una ama.

La lista sigue con mis amigas escritoras, aliadas en esta locura hermosa que es crear mundos. Gracias por las conversaciones que empiezan como catarsis y terminan en carcajadas, por leerme cuando dudo, por celebrar cada avance y, sobre todo, por no dejarme rendir.

A mis lectoras cero: Roseline Moyle, Yolanda Bordoy Ariza y Maca Oremor (El Rincón de Maca). Gracias por ser el primer espejo donde se reflejan mis personajes, por su honestidad, su entrega y ese entusiasmo contagioso que me impulsa a seguir. Y a Luce Monzant, por hacer magia con cada portada, por traducir emociones en imágenes y regalarle un rostro a esta historia.

A quienes me leen desde hace tiempo y a quienes acaban de llegar: gracias por hacerme sentir acompañada en cada página, por emocionarse con mis palabras, por compartirlas, por convertir los libros en puentes que nos unen.

Y a ti, que estás terminando estas líneas, gracias por permitir que Celine y Enzo vivan en tu imaginación. Gracias por elegir esta historia entre tantas y por darme el privilegio de acompañarte, aunque sea por unas horas. Sin lectoras como tú, nada de esto tendría sentido.

Ivonne

Índice

Prólogo

El niño que acaba de ingresar al elevador abre mucho los ojos y la boca al verme.

No voy a corromper su inocencia.

Cubro el pene de silicona que cuelga de mi pecho con una mano para que no lo vea. Con las tetas de mentira, no puedo hacer mucho. La madre, o eso imagino, me observa con una sonrisa cómplice.

—Despedida de soltera —digo a modo de explicación.

—Lo imaginé —asegura.

Le guiño el ojo a mi amiga Val y sonrío. La rubia tiene ese aspecto de niña buena, de esas que no rompen ni un plato, que no meten la pata y que viven con la palabra «perfección» como lema. Es todo lo contrario.

Las apariencias engañan. La mía, no. Yo soy lo que ves.

Segundos después, la sonrisa se borra. Val me mira con cara de preocupada. Estaba leyendo algo en el móvil y su expresión cambia por completo. Me lo tiende de inmediato y leo el mensaje que acaba de recibir:

«No encuentro a Conny. ¿Están con ella?».

Alana, nuestra tercera amiga, es quien nos consulta sobre la cuarta, Conny.

Niego con la cabeza. Justo el ascensor se abre. Salimos de inmediato, escaneando el lugar con la mirada.

Estamos en el salón de entrada del hotel donde decidimos pasar el fin de semana, las cuatro juntas, disfrutando de una despedida de soltera extendida. Otras chicas se sumarán más tarde, solo para la noche de fiesta y baile. Nos encontraremos con ellas directamente en la discoteca.

—No la veo —comenta Val, visiblemente alarmada. Ella es así, un poquito exagerada.

—Separémonos —recomiendo sin dudar que es lo mejor.

Miro el teléfono para ver la hora. Todavía falta para que llegue la limusina. ¡Si lo hacemos, que sea completo! Alquilé una para que nos pasee por la ciudad. No lo sabe ninguna de las chicas. Es un regalo de mi parte para la novia. Llegaremos al club por todo lo alto, destilando *glamour*.

Camino sin rumbo, abriendo puertas de lo que creo que son salones de uso público. Llego al aseo de recepción y husmeo en cada cubículo. Nada.

El móvil vibra en mi mano. Es Alana quien me llama y atiendo de inmediato.

—¡Como si se la hubiese tragado la tierra! —grito al micrófono.

Me estoy poniendo nerviosa. Si conocieses a Conny, lo entenderías. Ella sí es la perfección con piernas. Pulcra, ordenada, inteligente, casi que tiene la vida hecha a sus treinta años. Trabajo, amor, proyectos d futuro…, lo tiene todo. Nada que ver con mi propia vida. Me la paso dando pasos en falso y quitándome gente del camino. Lo único que funciona en mi existencia es el trabajo. Me gusta lo que hago y hacerlo con mi padre es el *plus* perfecto.

No quiero irme por las ramas.

Giro la cabeza hacia los jardines externos, solo porque un relámpago lo ilumina todo por un instante.

Alana grita, del otro lado de la línea que ve a Conny. Cuando menciona que está en la piscina, enfoco mi mirada y la encuentro enseguida.

No puedo creer lo que veo.

¡Esta mujer está loca!

—¡¿Con lo que llueve?! —exclamo, y abro la primera puerta que encuentro para ir tras ella.

Echo un vistazo a mi vestido y me despido de él en silencio. El primer impacto de la lluvia me pega el cabello en la espalda y la cara. También me despido de mis bucles de peluquería y el maquillaje, que claramente no era a prueba de agua.

Ya estamos las tres juntas. Ellas salieron por otro lado.

Nos acercamos a Conny como tres toros bravos.

—¡Ay, madre! —digo al ver su rostro desfigurado por el llanto.

—No pinta bien —murmura Alana.

—La ahogo —asegura Val.

Nos sentamos en el borde de la piscina junto a nuestra amiga. Estamos dispuestas a escucharla y apoyarla, como siempre, pase lo que pase.

Creo que todas sabemos lo que nos va a decir.

—No puedo hacerlo —murmura la futura novia.

Bingo.

Val actúa sin pensar, se quiere ir. Conny se disculpa. Alana no agrega nada. Y me toca, como siempre, poner un poco de orden.

—A ver… Val, hay una explicación y nos la dará ahora mismo. Conny, más te vale que sea razonable —sentencio—. Val, siéntate, por favor.

Después de cruzar un par de palabras más entre todas, Conny nos tira la bomba:

—No puedo casarme, chicas. No lo amo, o eso creo.

No.

Esto no puede estar pasando.

Conny no puede estar diciendo que no habrá boda. No ella.

Ella, que es todo lo que está bien en una mujer. Un ideal imposible de alcanzar. La personificación de la perfección, de lo correcto, de lo que nunca se tambalea.

Me quito todos los adornos ridículos que llevo puestos para «su» despedida de soltera y los tiro por ahí.

No quiero sumar problemas, mi frustración por sus acciones debe quedarse conmigo. Si al final ya sé que nadie es perfecto y ninguna mujer posee la cualidad de serlo tampoco. Antes o después, la gente se desenamora. ¿Me sorprende? No mucho. Aunque le daba más tiempo a Conny. De verdad, me hubiese gustado estar equivocada.

No creas que estas palabras son críticas hacia mi amiga. No. A ella la entiendo.

Te lo pongo en limpio: no creo en la fidelidad, en la lealtad del amor ni en el juntos para siempre. Comparto la felicidad de quien lo hace y lo intenta. Alana, por ejemplo, está felizmente casada con un hombre que la adora, se le nota en la mirada. Se casaron jóvenes y aún se los ve felices. Bien por ellos.

Conny también lo parecía, feliz, digo.

¿Cómo lo hacen?, no tengo idea, ni me interesa averiguarlo.

Guárdame este secreto. Nadie sabe que soy el Grinch del amor. Creen que lo mío pasa por ser una descarada un poco ninfómana, adicta a «hacerlo» sin compromiso y una desvergonzada que gusta de todo lo que tiene pene entre las piernas, tatuajes en la espalda y pelo en el pecho. Yo misma me inventé el personaje, al asegurarles que mi *hobby* era el sexo. Un poco lo es, no te voy a mentir, además de una vía de escape bastante placentera y eficaz.

Cierro los ojos por la molesta luz que me encandila. ¡Serán molestos!

Unos empleados del hotel se acercan iluminándonos con linternas y nos dicen que no podemos permanecer aquí con este clima.

Aceptamos la reprimenda porque tienen razón. La tormenta eléctrica está en pleno apogeo.

Nos resguardamos en una terraza techada muy bonita y desierta a esta hora. Como veo que ninguna quiere irse a las habitaciones y nuestros vestidos están más para la basura que para aparecernos en ningún restaurante o bar, propongo emborracharnos aquí mismo. A ver si lo logramos esta vez. Somos puro bla, bla, bla. No pasamos de las dos copas y un mareo divertido, como mucho, y solo a veces.

Me acerco al bar principal chorreando agua. El chico de la barra me mira asombrado y no es para menos.

—¿Llueve? —pregunta con sorna.

—Me caí a la piscina —respondo en el mismo tono, y agrego—: Necesito bebidas que emborrachen.

—Creo que no puedo…

—Puedes. No soy menor de edad y pagaré por ellas —aseguro, interrumpiendo su diatriba innecesaria.

Tampoco le doy oportunidad a decir nada más.

Tomo el móvil para ponerme en contacto con el chofer de la limusina y le escribo un mensaje de cancelación.

—Las complicaciones no se ahogan con alcohol —dicen a mi costado—. Después de la borrachera y la resaca, siguen ahí.

Me giro para mandarlo de paseo y me quedo boqueando.

¡Madre mía, qué bueno está! Es un hombre que peina canas, pero uno que luce como los dioses.

—*Cachaça* y Absenta. ¿Te sirven? —pregunta el del bar, con cara de no querer que acepte.

—¿Algo más feo no te queda? —bromeo otra vez—. Préstame también cuatro copas. Te las devolveré con intereses.

El chico niega con la cabeza y una sonrisa preciosa en los labios.

—Perro que ladra, no muerde —asegura.

—No siempre —susurro, rozándole la mano cuando me tiende las copas—. Pon todo en la cuenta de la habitación 308.

El coqueteo me sale fácil y los hombres se ablandan ante una «mujer con ovarios». Me lo dice la experiencia.

Tomo las botellas también y me alejo chapoteando con mis tacones, no sin antes guiñarle el ojo al viejito mirón, que me repasa completa con la mirada brillante.

Ya de vuelta en la terraza, mientras sirvo la bebida, Conny nos habla de su descubrimiento: no ama a Dante como debería hacerlo para casarse con él.

Val le echa en cara que su hermano fue quien la ayudó hace diez años, cuando Conny lo pasó mal. Sí, Val es la hermana menor de Dante. Agrega que le romperá el corazón. Yo estoy segura de ello. Conozco al exnovio de la boda y es un encanto de persona, además del hombre más enamorado que conocí jamás.

Otra vez me toca interceder, porque no me gusta que discutan, no soy de hacerlo tampoco. Siempre consideré que los problemas se solucionan conversando o meneando el cuerpo con un buen revolcón. La tercera opción es ignorarlos, pero no voy a detenerme en este punto.

No sé si a todos, pero a mí, los problemas se me olvidan cuando estoy por gritar de placer ante un orgasmo. Con la mente en blanco y los músculos relajados, razono mejor; mejor dicho, no razono. En esa semiinconsciencia, todo se diluye.

—No pensemos en Dante ahora. Conny nos necesita. Hoy estaremos para ella —digo por fin.

Nos ponemos de acuerdo en eso y entonces, damos los primeros tragos a la porquería que conseguí para beber.

¡Esto sí que es fuerte!

Creo que esta vez perderemos el control.

Capítulo 1: Enzo

Me acabo la copa de vino y levanto la mano para pedir un café. Ya tomé bastante por hoy.

El camarero se acerca sonriente.

—¿Desea postre, caballero? —me pregunta.

—No, pero sí te acepto un café.

Tomo el móvil para llamar a mi casa y me distrae la notificación de la aplicación de citas, esa con la que quedas para tener sexo con una desconocida. La utilizo desde hace un año. Antes no me atreví o no me hizo falta, no lo sé.

La llamada entrante interrumpe mi curiosidad por ver con quién hice *match* esta vez.

Tenía planeado llamar yo dentro de un rato, pero ella me ganó de mano.

Miro a mi alrededor y casi no queda gente en el restaurante, por eso, decido atender desde donde estoy.

—¡Papiiiii! —chilla la vocecita de mi pequeña del otro lado de la línea. Justamente por eso, siempre me alejo de la gente, por sus grititos emocionados.

—¿Sin camarita hoy? —le pregunto.

—Sí, porque todavía no estoy peinada —me explica enredándose con las palabras, aunque sin preocuparse por ello.

—Claro —murmuro, poniendo los ojos en blanco.

Tiene cuatro años y es más coqueta que ninguna otra mujer que conozca. Supongo que la tía es la mala influencia. Como ella tiene puros varones, despunta sus ganas de «la nena» con mi hija.

—¿Qué tal el baño? —pregunto.

—Bien. Hoy me lavé la cabeza sin que me entre espuma en los ojos… —me cuenta, y agrega una anécdota que me hace reír.

Bella es una conversadora nata. Habla de todo y con todo el mundo. Si no la detienes, puede aturdirte. Poco le importa su media lengua o que a veces no sepa pronunciar bien las palabras que quiere decir. Tiene un vocabulario riquísimo para su edad, eso debo reconocerlo, y puedo ser el responsable. Hablamos mucho, de todo, y no me privo de hacerlo como la gente de mi edad, no de la de ella. Si algo no lo entiende, se lo explico, lo pongo en contexto y adapto la definición para que ella pueda entenderla.

Nunca fui un padre al uso en muchos aspectos y jamás hablé en medias lenguas.

—¡Felicitaciones! ¿Recogiste el plato hoy en el almuerzo?

La oigo suspirar y puedo imaginarla negando con la cabeza, con la mano en la frente y los ojos en blanco. Otro detalle importante: es una excelente actriz dramática.

No puedo ocultar mi risa.

—Me olvidé —reconoce.

—Qué poca memoria tienes, ¿cierto?

—¡Soy una niña, papá! —afirma con tono de «si ya lo sabes, para qué insistes».

Suelto la carcajada y ella me acompaña.

Hace conmigo lo que quiere.

—Pásame con…

—¡Quiere hablar contigo! —grita, interrumpiéndome. Tengo que alejar el móvil de la oreja para no quedar sordo.

—Hola, Enzo.

—Hola, cariño. ¿Cómo se comporta?

—Bien. Aun así, tenemos que hablar sobre ciertos caprichos que va incorporando.

—No es necesario que tengamos esa conversación —le aseguro, sin sentirme para nada culpable. No de momento.

Para distraerla, la pongo al tanto de mis actividades, que son laborales y poco interesantes para ella.

Acudí a un curso y compré algunos materiales para ciertos proyectos que tengo en mente. Le cuento que estoy muy entusiasmado y ya quiero ponerme a trastear con ellos. No ahondo demasiado para no aburrirla. Es tarde y seguro que está a punto de acostarse después de un largo día.

—Me alegro de que estés aprovechando el viaje —dice, y bosteza.

—Ve a dormir. Hablamos mañana, si tengo tiempo de llamarte antes de ir al aeropuerto.

Me despido de ambas y abro la aplicación de citas. No tengo sueño.

—¡Mierda! —se me escapa en voz alta.

La mujer que me dio el *like* es preciosa. Tanto que hasta parece de las que no existen.

Esto huele a engaño.

Le voy a preguntar sin dar demasiada vuelta:

«¿Tu foto es real?».

Ya me timaron más de una vez y me alcanzó para aprender.

No entiendo el motivo de mostrar lo que no eres, si hay de todo y para todos los gustos. Alguien verá en mí algo tentador. Soy del montón: cabello oscuro, ojos marrones, no tengo todos esos músculos que parecen estar de moda, soy delgado y estoy en forma, de altura media y, aunque tengo veintisiete años, todo el mundo me da menos edad. Quienes no me conocen, creen que Bella es mi hermana menor o una sobrina.

Mientras espero la respuesta de la pelirroja, si es que

de verdad lo es, pago la cuenta y salgo del restaurante.

Mi móvil suena y sonrío, reconozco el sonido. Responde rápido.

«¿Por qué no lo sería?», es su réplica.

¿De verdad tengo que explicárselo? ¿Tan ingenua es? Literalmente, escribo estas dos preguntas que acabo de hacerme en silencio.

Leo su contestación. Parece que está pendiente, y eso me gusta:

«Ni lo uno, ni lo otro. Sí, es mi foto real. ¿La tuya también lo es?».

Vuelvo a observar su imagen y me quedo con la boca abierta. Es perfecta, impresionante y sensual. La palabra que la define es «bellísima».

¿Quién es esa chica?

¡¿Qué mierda hace soltera y en una aplicación de estas?!

Es ese tipo de mujer que puede chasquear los dedos para que los hombres hagan fila frente a ella. Su defecto debe ser su personalidad, supongo. La imagino con un carácter insoportable. No me importa. Lo que busco es otra cosa. No pretendo que hablemos demasiado, solo lo necesario para romper el hielo.

Capítulo 2 : Celine

No sé qué estaba pensando cuando deslicé el dedo aceptando a este *baby*. Tengo un estado etílico bastante complicado ahora mismo. Mi desinhibición me convence.

La culpa es del absenta. *Cachaça*, no tomé.

Mis amigas descansan como ositos dormilones. Ositos borrachos que tuvimos que ayudar para que llegasen a salvo a sus habitaciones. Uno de los muchachos de las linternas me tendió una mano; aun así, no pude impedir ciertos accidentes, como, por ejemplo, perdernos en el hotel y rodar por las escaleras de incendio.

Ahora mismo, lo llevo mejor que ellas. La ducha fría y el café que me tomé lo facilitaron. Es que debía cerrar lo de la cancelación de la limusina y no podía hacerlo tambaleándome. Además, mi mente no deja de darle vueltas a las palabras de Conny.

Me angustia comprobar que tengo razón, una vez más.

No llevo bien las rupturas de la gente que quiero. No soy romántica, pero entiendo que la gente lo sea. Me encanta ver a mis seres queridos, que son pocos, felices y enamorados de la idea que se inventan sobre el amor eterno y todas esas mentiras que la sociedad implanta en la cabeza de los más inocentes. Fui una de esas personas por un corto período, hasta que me di de frente con la realidad. Se me apagó «el chip» en el golpe y vi la luz.

No me gusta hablar de esto, por eso, te quedarás con las ganas. Quien no se quedará con ellas, sino todo lo contrario, seré yo. Hablo de otro tipo de «ganas». Ya me entiendes.

Pretendo vaciar la mente de problemas ajenos. Los que yo no tendré jamás, porque no me dejaré arrinconar por ilusiones fantasmas. Como dije antes, creo en que conversar soluciona problemas y si no tenemos al alcance esa posibilidad, el sexo es mi siguiente opción. La tercera, el escapismo, prefiero no practicarla. No tengo una buena práctica al respecto y sé, por experiencia, que daña mucho más.

Sexo será.

«Es mi foto, aunque hoy no tengo barba», leo.

Es la respuesta del *mocoso* este. Si me parece joven con vello en la cara, no lo puedo imaginar sin él.

¿En qué me estoy metiendo y por qué no puedo detenerme?

Miro el reloj. Sopeso la idea de plantarlo y buscar otra opción más acorde a mi edad. No. Ya es tarde, no hay tiempo de andar tanteando y no voy a perder la oportunidad. Lo necesito.

«¿Todos tus datos son reales?», me cuestiona el desconfiado.

Adivino que los de él no, entonces. Los mentirosos piensan que todos lo son, ¿cierto?

Me obligo a olvidar el detalle; el chico me gusta. Tiene esa carita de bueno que me puede y parece de esos «pollitos tímidos» que me como hasta en el desayuno.

Me encantan los hombres que puedo avasallar con una mirada y una caída de párpados. Disfruto de doblegarlos y volverlos locos. En ocasiones. Hoy, por ejemplo. Cuando estoy de bajón, quiero dominar la situación.

Hay veces que me pasa todo lo contrario y quiero jugar a la muñeca hinchable para dejarme hacer. Ya sé que soy complicada, nunca lo negaré. Como no busco quien me entienda o me tolere, seguiré siendo así.

—Esta noche, me «inyecto colágeno». Mi piel lo requiere —murmuro con ironía.

Si no fuese que estoy algo perjudicada por las copas de más, no aceptaría a este chico. Me prohíbo a los hombres con menos edad que mis treinta y tres.

«Solo por hoy», pienso, sin profundizar demasiado.

Justamente, el *colágeno* no tiene por qué saber nada más de mí que lo que yo quiero que sepa.

«No todos mis datos son reales, no», escribo. No voy a mentirle.

Tomo asiento en una butaca alta del bar y pido un agua mineral. El mismo chico que me entregó las botellas asesinas me da el vaso.

—¿Te sientes mal? —pregunta con ironía.

Lo miro con los ojos entrecerrados y suelta una carcajada ronca que me hace cerrar las piernas. Es que me pone muy cachonda el juego previo al encuentro y este chico, el de la aplicación, es tan bonito que ya me imagino cabalgando sobre el colchón. Con él debajo, claro.

No me hagas caso, me encanta evadirme de los problemas. A ver si lo pillas de una vez.

«Edad, trabajo… nada es real, imagino. ¿Celine es tu nombre?», quiere saber.

Le contesto que todo es un disfraz. Si tiene tantas dudas es porque él sí miente en todo.

Lo doy por hecho. No me interesa saberlo.

Le pregunto si sigue interesado, eso sí. Me pasa la dirección de un hotel. Busco en el mapa para ver si está cerca y acepto.

No tengo que caminar mucho. Está en la zona turística en la que me encuentro también.

Le aclaro que nos veremos primero en el bar. Por las dudas. Confío en mi instinto. Si me da escalofríos o me produce algún tipo de incomodidad tenerlo cerca, me iré.

Mientras camino rumbo a mi cita, rememoro las

palabras de Conny, las caras de mis amigas y las lágrimas de Val. Se me estruja el alma. Estas *brujitas* lo son todo para mí y verlas sufrir me duele.

Otro secreto, de esos que llevo bien ocultos para evitar que puedan extorsionarme, doy mi vida por mis seres queridos. No soy sentimental, para nada, pero sí una guerrera que protege a los suyos. No tengo muchos afectos, porque soy exigente, pero los pocos que poseo son muy protegidos por mí. A mi manera. No vayas a creer que ando besuqueando y mimando a todos, no soy así. Lo mío es silencioso. Cuido sus espaldas y evito sus golpes.

Me preocupa Conny, por supuesto, sin embargo, ella es quien tomó la decisión y cargará con las consecuencias. La apoyaré y ayudaré en todo lo que necesite. Es capaz, tiene coraje. Val y Dante son quienes me alarman más. Los conozco desde hace años y sé cuánto quieren a Conny. Él vive para hacerla feliz, su sueño es formar una familia con mi amiga, y Val está en medio de ambos.

Con la angustia atravesando mi pecho, entro al lugar señalado y lo veo.

Es todo lo que promete su foto. Guapo a rabiar, con esa carita de niño perfecto que roba suspiros. Me acerco sin analizar demasiado que parece un crío.

Ya estoy aquí y necesito dejar de pensar.

Capítulo 3: Enzo

Me pongo de pie al verla entrar. Se me aflojan las piernas.

Es hermosa.

Su ropa es elegante y casual, no parece haber pensado demasiado en qué ponerse. Apenas lleva maquillaje y lo prefiero. El cabello, más anaranjado que rojo, brilla sobre sus hombros y tiene los ojos más celestes que he visto, parecen agua de mar. Si me voy a dejar besar por esa suculenta boca, más vale que me concentre en no acabar antes de comenzar. Es una locura.

Ni siquiera la carita de tristeza que la acompaña opaca su belleza.

—Dime que eres mayor de edad —ruega cuando ya

está a mi lado.

Sonreímos a la vez.

—Tengo casi treinta —miento.

En mi perfil, no puse edad. Prefiero que me elijan por el aspecto y no por los años.

La chica me observa de arriba abajo y suspira. Supongo que me cree. Toma asiento a mi derecha. Pide un *Sex on the beach* y se gira para posicionarse de frente a mí.

—Me gustas —murmura.

Casi se me atraganta la saliva que trago. Intimida un poco. Arremete. No piensa, actúa. Uf, me encanta.

—Gracias. Tú también me gustas —le aseguro—. Aunque, si me permites, no tienes cara de estar feliz. Si prefieres irte…

No sé de dónde salen mis palabras, supongo que de la inseguridad de pensar que no quiere quedarse.

—No, no es por ti. Vengo de una supuesta despedida de soltera y acabo de enterarme de que no habrá boda —me cuenta.

—Lo siento —digo y apoyo los codos en la barra.

Ella eleva los hombros y tuerce un poco la boca.

—Yo también. Eran la pareja perfecta —señala en voz baja, cohibida, bebiendo un trago de su copa.

—La pareja perfecta no existe —afirmo.

Sus ojitos se vuelven vivaces y baja la mirada hacia mis «partes pudendas».

¡La madre que la parió! Esta ojeada me incomoda un

poco. Me toma desprevenido.

—Me gustas un poco más después de tu aporte —ronronea, acercándose a mí.

No tengo idea de qué fue lo último que dije, ni por qué ha sonado como aporte de algo, pero sonrío. Si le gusto más por eso, mejor.

No tengo tiempo que perder. Es tarde y mañana tengo un día de locos.

—¿Vamos arriba? —pregunto.

—No. Tengo otros planes para esta noche. ¿Vienes?

Me muerdo el labio y observo sus ojos. ¿A dónde me va a llevar?

Asiento unos segundos después de sopesarlo, con un poco de dudas, no te voy a mentir. Mi idea era darlo todo en la cama de mi habitación y despedirnos sin más. Pero parece que hay cambio de planes.

La sigo, observándole el culo, por supuesto.

—¿Y esto? —pregunto sin entender, una vez que estamos en la calle.

—La había alquilado para la despedida y no pude cancelarla con tan poco tiempo de anticipación. ¿Qué me dices? Nunca lo he hecho en una limusina —comenta ilusionada y sonriente.

—Ni yo —balbuceo, confundido.

Abre la puerta y se apoya en ella con una pose muy sensual.

—Vamos a debutar juntos, me interesa —aseguro,

entrando al coche.

—Chofer, dé las vueltas necesarias hasta cumplir la hora. Diez minutos previos a llegar, nos avisa con un golpecito —indica la pelirroja, antes de subir el cristal que nos separa de la cabina del conductor—. ¿*Champagne?*

Es de armas tomar, lo ha demostrado desde que nos vimos. Decido dejarme llevar. La experiencia va a ser alucinante.

Afirmo con la cabeza cuando me tiende la botella y la descorcho. Sirvo dos copas con el burbujeante líquido bajo su atenta mirada. Bebemos a sorbos pequeños, observándonos a los ojos.

Se me acerca en silencio una vez que vacía el contenido y me devora la boca. Sí, sin aviso.

No me intimida. Esta vez, estaba preparado. La aprieto contra el asiento para que entienda que estoy un poco apurado.

Sus labios gruesos son una perdición. Le meto la lengua tanto como me deja y gime al sentirme.

—Espera —pide. Yo ya tenía las manos en el borde de mi camiseta negra—. Tengo un problema con los pezones pequeños y el torso lampiño. Dime que eres de pelo en pecho. Tampoco me gustan las axilas depiladas.

Tuerzo la cabeza después de oírla. No, no es una broma. Me río igual mientras me quito la prenda y me muestro ante ella.

Que decida si le agrado o no. Depilarme no es lo mío,

aun así, pelo en pecho no encontrará demasiado. Tengo poco vello en el cuerpo. Y los pezones… son pezones, qué sé yo.

—Interesante —susurra, y estira los brazos para acariciarme con las yemas de los dedos.

—Dime que tienes pelo en el pecho y en las axilas. Si lo exiges, lo tienes, ¿no? —bromeo.

Se ríe. Me guiña el ojo y se muerde el labio inferior. Se quita la blusa y el sostén con movimientos lentos y provocadores. Tan lentos y provocadores que hasta me producen una disparada de pulsaciones bastante preocupante.

Ni pelos ni pezones pequeños. Tiene unas tetas increíbles.

En silencio y sin tocarnos más, nos quitamos los pantalones. Nos observamos y a los pocos segundos, ya estamos enredados sobre la larga butaca negra.

Devoro su cuello, sus labios y todo lo que voy encontrando sin ropa. La escucho con deleite y voy encendiéndome más y más con cada segundo. Sigo arriba, no parece querer cambiar de posición. Tira de mi pelo y me muerde cada vez que puede. Tengo la cintura ceñida por sus piernas y se menea lento.

—Despacio, que soy blandito —bromeo, jadeando y con ganas de acabar enseguida.

—Me gustas cada vez más —asegura, y se toma el control.

Nos hace girar y se sienta sobre mí. Mi calzoncillo no impide que pueda sentir su humedad. Dirijo la mirada hacia esa unión y, con las manos en su cadera, la muevo un poco para que el roce sea intenso.

Se muerde el labio, me seduce con la mirada y un contoneo de infarto. Deslizo su ropa interior para darle espacio a mis dedos. Ella hace lo mismo con mi erección.

No me quita la mirada.

Me pone a mil.

Se pasa la lengua por los labios y baja el cuerpo, lamiéndome por todas partes. Tiene un rumbo fijo y me prepara mentalmente para su llegada.

—Mierda —balbuceo.

Se me escapa la palabrota junto con un suspiro.

Me tenso por completo.

La sola imagen es una alucinación. Le parece entretenido jugar con mi deseo y me asusta un poco no poder aguantar. Es malvada. Me mira desde su posición, sin dejar de comerme. No quiere acabar conmigo, sino llevarme al límite, tenerme en sus manos, o boca, mejor dicho, y a punto de explotar.

Cierro los ojos e inspiro hondo para concentrarme en no correrme ahora.

Creo que debería avisarla que eso que hace es contraproducente, porque no habrá segundo *round*, no tengo tiempo. Y no quisiera dejarla a medias.

—Para, pelirroja, que te dejaré en ascuas —la aviso por

fin y con la voz entrecortada.

—No lo permitiré —me asegura. Roza su cuerpo con el mío, subiendo hasta apoyar los labios en mi boca y susurra—: ¿Condón?

Trago saliva y señalo mi pantalón con el dedo. Nunca en mi vida la palabra me sonó tan sexy. Me guiña el ojo y sonríe con altanería. Es que no puedo disimular cuánto me gusta y cómo me pone.

Alarga el brazo hasta mi ropa, toma la cartera y me la da.

Todo lo hace con una sensualidad que me deja sin habla y casi sin aire. Todavía babeo.

Tiene un cuerpo increíble y un tanga diminuto que deja su culo al aire, además de la actitud demoledora que se carga.

Mi cuerpo está en llamas y apenas comenzamos.

Me desnudo del todo y me incorporo. La tomo por sorpresa cuando me siento al borde de la butaca con ella arriba. Me pongo el condón en dos segundos y me posiciono.

—Ya estoy listo —le advierto, intentando sonar seguro de mí mismo.

Cierro los ojos al sentir cómo me deslizo en su interior.

Creo que se me escapa una maldición.

—A medida —masculla entre gemidos, moviéndose y atontándome más aún.

No puedo dejar de observarla. Es una maravilla,

parece una muñeca. No necesito moverme, ella lo hace todo… y bien. Apoyo las manos a mis costados y elevo mi cadera para que la use a gusto.

Todos sus sonidos colaboran en mi estado de ebullición. El golpeteo de nuestros cuerpos me vuelve loco.

Voy a apurarlo un poco porque estoy desesperado.

La tomo del culo y la muevo para seguir el ritmo de mi pelvis. Entro y salgo. Fuerte, profundo, húmedo… perfecto.

Es como que nada falla. Como si nos guiásemos por una coreografía que hubiese sido ensayada mil veces.

Suspiro al verme reflejado en sus ojos. Así de cerca estamos. Nuestras bocas se rozan cada vez que nos movemos. Sus pechos se contagian el sudor del mío.

—Voy —le aviso.

Gime afirmando con la cabeza. Me aprieta desde dentro. Se retuerce los pechos.

Esto es el final. Maravilloso final.

Tira la cabeza hacia atrás disfrutando de su éxtasis y llevándome al mío sin pedir permiso. Me derramo con fuerza. Se me escapa un jadeo ahogado y un sonido gutural ronco.

No suelo irme a la vez con nadie. Me paraliza el hecho de que hoy sí.

Me pego a su cuerpo, abrazándola con fuerza.

¡Guau!

Eso, nada más y nada menos: guau.

Me siento raro.

Sus manos acarician mi cabeza y puedo oír su corazón acelerado, porque estoy apoyado en su pecho. Y no quiero moverme.

—*Baby*, te felicito. Has logrado sorprenderme —susurra, tirando de mi pelo y obligándome a mirarla.

Prefiero no hacer comentarios. Porque tengo ganas de pedirle su número, la dirección, volver a verla y conocerla más allá de este momento. Repetir para comprobar si lo que ha pasado fue casualidad o podemos reproducirlo sin esfuerzo.

Nada de eso es posible.

—No te muevas —le ruego.

Quiero quedarme un instante más en este calorcito delicioso que siento ahora mismo.

Me avergüenza reconocer que una desconocida despierta esta curiosidad en mí. Me prometí que no me dejaría llevar por estos encuentros, que solo serían sexo vacío. Desahogo. Cambio de aire. Modificar un poco la rutina y sentirme el hombre sin compromisos que alguna vez fui. Merezco estas distracciones.

Me prometí agasajarme con ellas cada vez que pudiese.

Capítulo 4: Celine

Inspiro y suelto el aire un par de veces. Necesito calmarme. ¡Ay, estos jovencitos que parecen encariñarse después de un buen revolcón!

Que sí, que estuvo genial. Si tuviese más tiempo, me quedaría a pasar la noche para ver cuánto aguanta y hasta dónde llega nuestro contador de orgasmos, no lo negaré.

Tiene una mirada preciosa. Supongo que las cejas tupidas le dan ese aspecto o la nariz pequeña y en punta. Su cara de niño contrasta con el cuerpo de músculos firmes, nada pretenciosos, y el poco vello de su pecho, que en este instante acaricio.

Tengo una especial fascinación por las espaldas tatuadas. No la tiene. No obstante, no me defrauda.

Encuentro algún que otro pequeño dibujo interesante en el hombro, la muñeca y el brazo. Suspiro al descubrirlos.

Babeo por los tatuajes.

Me besa los labios antes de tomar la base del condón para evitar accidentes cuando nos separamos.

Esta sensación de vacío, a veces, me produce un escalofrío. Me dan ganas de acurrucarme un rato y abrazar.

Casi siempre, me niego el placer de hacerlo.

Mi padre dice que abrazarse fortalece las relaciones. Él aprieta bonito, con sinceridad, cariño y una caricia al final que huele a él, a esa mezcla de colonia, pintura, papel maché y café.

Siempre me pregunté cómo serían los abrazos de mi madre, no los recuerdo.

Sin permitirme ahondar en esos pensamientos, me siento sobre la alfombra de la limusina, observándolo.

Se recuesta sobre el respaldo, feliz, satisfecho y me mira con una sonrisa ladeada.

—¿Qué? —le pregunto.

—Nada. Me apena tener poco tiempo. Me hubiese gustado que te quedases a dormir conmigo o volver a verte mañana —declara.

—No puedo quedarme —aseguro, sin dar más explicaciones.

Decido tomar más *champagne*, pero lo hago de la botella directamente.

—Yo tampoco puedo. No voy a insistirte para que lo hagas —explica.

Pero ¡qué se cree!

Señala la botella y extiende la mano sin enterarse de que su comentario ha sido un poco antipático.

—¿Me convidas?

Le entrego la bebida sin decir nada.

Lo miro indignada cuando bebe.

No voy a mendigar por sus *dientes de leche*, ni por esa nuez que se mueve en su garganta al tragar, como si tuviese un imán para mis ojos.

Busco la frase exacta para mandarlo al demonio con altura, y no la encuentro. Si ya había dicho que no podía, ¿por qué acotó que él tampoco? No era necesario.

Lo dejo pasar, mejor. Si ese tipo de gallitos que busca la última palabra, allá él. Si al final, pensamos igual. No buscamos repetir.

Lo repaso con la vista una vez más. Es guapo a rabiar, lo repito. No me extraña que me lo parezca porque me gustan los hombres dotados de hermosura, aquellos que deben agradecerle a la naturaleza por haber sido tan bondadosa.

Dicha naturaleza se portó doblemente bien con él. El descarado no se cubre, se expone sabiendo que lo que tiene es digno de ser elogiado.

—¿Necesitas que te adule? —pregunto, señalando su magnífico sexo—. La autoestima viene con los años, a los veinte ya te sentirás más seguro. El *pitote* no lo es todo, *baby* —digo con sarcasmo.

Suelta una carcajada ronca y se acerca.

—Tengo mis prioridades en orden: autoestima, edad, *pitote*, todo. Gracias.

Nos miramos a los ojos, sonriendo, y veo la chispa de sus pupilas. No, no es un gallito. Adivino que tiene un carácter tan bonito como su apariencia.

—Fue un placer conocerte —susurro, pellizcándole la oreja con los dientes. Solo por molestarlo y dejar de pensar estupideces.

—No me provoques, que soy fácil.

—Y blandito —agrego, recordando sus palabras.

—Las dos cosas —asegura, sin perder la simpatía en su mirada—. Creo que estamos encerrados en este pequeño espacio por un rato más. Todavía no nos despedimos.

Me muerdo el labio y disfruto de ver cómo se alista para darse un buen atracón con mis pechos. Se me escapan varios gemidos al sentir que también pretende jugar en mi sexo con sus dedos.

Toca, mordisquea, lame, entra y sale... No se decide, me excita y me deja con ganas. Arriba y abajo.

—¿Por qué bufas? ¿Qué quieres? —pregunta con sus ojitos en los míos.

Es pícaro. Me encanta. Me mira con sus rasgos cargados de peligro y me sonríe al ver que no le voy a decir nada. Me muerdo el labio y recuesto para dejarle más espacio.

—Me harás adivinar, ya veo —murmura, y me besa el ombligo.

Abro más las piernas y tiro la cabeza hacia atrás. El *yogurín* me mimará con insistencia, lo sé. Quiere sorprenderme otra vez; no obstante, se lo voy a poner difícil.

—Un poquito más… eso —ruego moviéndome hacia un costado, solo por fastidiar. Me mira desde su posición entre mis piernas, con cara de preocupado—. Justo ahí.

Madre mía, me encanta lo que hace. Me muerdo la mejilla por dentro para no dejar salir el gemido que me provoca. Quisiera poder retorcerme como un gusano para restregarme contra sus labios, pero no tengo espacio suficiente.

—Ayúdate con el… —balbuceo, provocándolo.

—Si no te gusta… —refunfuña, alejándose un poco.

—Sí, me gusta, sigue. Solo, pon más énfasis —le demando.

—Lo dejamos así. Ya debemos estar por volver.

¡Qué bonito es! Me da ternurita. Mi guasa no le pareció graciosa.

—Es broma, tonto. Me encantaba lo que estabas haciendo, pero no quería que lo supieras —le cuento, acariciándole la cara.

Me mira a los ojos y aprieta la mandíbula. Ya de por sí, tiene marcada la quijada y, con ese gesto, sus facciones se vuelven rudas e intensas.

¡Tiene los labios tan diferentes! El de arriba es fino, demasiado fino, y el inferior es carnoso y tentador. Hacia él me dirijo. Se lo muerdo y tironeo.

—No te enfades. A ver si con esto se te pasa —ronroneo en su oreja y lo masturbo—. Parece que te gusta.

Hace un ruido potente y masculino. Pone una mano en mi pecho y baja sobre mi cuerpo. Me recuesta otra vez para meterse entre mis piernas y, espero, acabar con lo que había comenzado. No me defrauda. Le pone empeño. Demasiado. No me da respiro. Me muerde el interior del muslo mientras juguetea con los dedos. Me roba un grito inesperado cuando succiona justo donde debe hacerlo.

Quiero tirar de su cabello para separarlo un poco de mi piel. Es intenso. Veo luces debajo de mis párpados y se me tensan los pies.

Me lo impide tomándome las muñecas y enredando luego sus dedos con los míos. Subo y abro las piernas tanto como me da el espacio que tenemos. No puedo moverme ni alejarme, solo refregarme contra él, con desesperación, gimiendo. Me tiene a su merced.

Muevo la cabeza para un lado y otro. Gozo. Me deshago en su boca con la fuerza de un huracán.

Y no se detiene.

—Basta —ruego, sin convicción.

Levanto la cabeza y lo miro.

Clava sus ojos en los míos y sigue.

Afirmo en silencio. Me muerdo el labio. Insulto. Lo

bendigo. Otra vez me tenso por completo y aprieto sus manos con tanta fuerza que hasta los dedos se me acalambran.

—No más —murmuro, y veo que se pone de rodillas para colocarse un condón—. *Baby*, estás poseído.

Me guiña un ojo y se lame el labio inferior antes de atrapárselo con los dientes.

—Me pueden los desafíos —asegura, y me empotra contra la alfombra.

Tengo una pierna sobre su hombro. No quiero quejarme ni mencionarle que los treinta vienen con achaques molestos. Que ya los vivirá en su propia carne.

Me reacomodo un poco para que no me duela todo después y me dejo llevar por los golpeteos salvajes. Y su cercanía. Mucha cercanía. Pecho con pecho, labios con labios y nuestras caderas pegadas.

—Voy —jadea en mi boca.

Cierro los ojos. El placer se apodera de todo mi cuerpo.

Otra vez no.

Me como el orgasmo con la boca cerrada para que no se dé cuenta de que lo compartimos; aun así, nota mis contracciones y abre los ojos grandes, para perderse en mi mirada.

Todo acaba en silencio y un poco incómodo.

Unos golpecitos en el vidrio nos avisan que estamos por llegar. Menos mal.

Capítulo 5: Enzo

Tomo los dos condones usados y los pongo en un cestito que veo junto a vasos y copas limpias. Me visto como puedo con tanta voltereta que está dando el coche, y la veo enredarse con sus prendas.

—¿Necesitas ayuda? —le pregunto.

Niega con la cabeza. Logra vestirse con celeridad.

El vehículo se detiene y baja rauda, sin esperar a que frene del todo.

¿Qué le pasa a esta mujer? Parece nerviosa, tanto, que se le cae el bolso de la mano.

—Te ayudo —susurro, y me pongo en cuclillas a su lado.

—Creo que tengo todo —aclara, tomando cada artículo con apuro.

Repasa el suelo con la vista, por las dudas.

—No, no lo tienes todo. Se te olvida mi número de teléfono —digo, haciéndome el seductor y probando a ver si cuela.

Le abrazo la cintura y le paso la lengua por el cuello, porque todavía le tengo ganas.

—No lo necesito —sentencia, inmutable.

Muerde mis labios y se mete al vehículo otra vez, guiñándome el ojo.

Se va sin más demora.

No me conoce, no sabe con quién está confrontando.

No me voy a dar por vencido. No sé qué es eso.

Reviso mi móvil y trasteo en la aplicación de citas. Verifico tener su perfil a mano y al confirmarlo, sonrío.

Me encantan los desafíos y se lo dije. No sabe con quién se mete. Su actitud no me gusta y ella me encanta. Es la combinación perfecta para mi yo caprichoso.

Tengo que volver el mes que viene por unos artículos que no conseguí y entonces obtendré mi revancha.

—Este *baby* te va a encontrar, nena —murmuro para mí, ya dentro de mi habitación de hotel.

Todavía tengo su olor en el cuerpo y su sabor en el paladar.

Estoy agotado y con las piernas adoloridas, pero valió la pena. No es muy cómodo eso de hacerlo en una limusina, aunque reconozco que es excitante.

Me doy una ducha y, en pelotas, como me encanta

andar, preparo la maleta. Si no fuese por mi hija, me pasearía desnudo por la casa. La libertad de movimiento es demasiado placentera cuando no llevas ropa.

Me tiro en la cama sin ponerme el calzoncillo y me quedo dormido antes de contar hasta cinco.

Me despierto con el sonido insistente de una llamada telefónica.

—Hola —murmuro con la voz ronca y la garganta seca.

Apenas si puedo abrir los ojos para ver la hora.

¡Tenía diez minutos más para dormir!

—Papiii, ¿estás en el arop…aroper…?

—Aeropuerto. Y no, todavía estoy en el hotel —le respondo.

—No pude detenerla —escucho que dice una voz femenina a la distancia y sonrío.

—Bella, ya sabes que no puedes tomar los teléfonos de nadie —la reprendo.

—Solo quería saber si estabas volviendo —llorisquea.

No me convence su teatro. Niego con la cabeza y lo dejo pasar. Todavía estoy medio dormido. Ya hablaré con ella en casa.

—Llego esta tarde. Todavía falta que almuerces y hasta tienes tiempo de jugar un rato con tus primos o invitar a una amiguita. O puedes ir al parque. Antes de que sea de noche, estaré allí —le explico. Así no se pone ansiosa esperándome. El tiempo le resulta demasiado abstracto todavía para comprenderlo.

—No te retrases —ruega, y me cuelga.

No recuerdo ni una sola conversación con mi hija que acabe en un saludo normal. Su culo inquieto la interrumpe antes.

Comienzo el día sin remolonear. Tengo que recoger lo que compré y llegar a tiempo a mi vuelo.

Me visto, me lavo los dientes y abandono la habitación con mis petates. Desayuno en el hotel sin dilatarlo demasiado y cargo el coche de alquiler con mi maleta.

No me demoro mucho más de lo pensado.

Estoy a tiempo.

Llego al aeropuerto, facturo el equipaje y me encamino a la puerta de embarque.

A lo lejos veo a una mujer alta, hermosa, pelirroja…

¿Es ella?

No. Sería mucha la casualidad.

Miro el reloj y decido que puedo entretenerme unos minutos para confirmarlo. Sigo su culo y la cabellera preciosa del color del fuego. Taconea rápido. El pantalón ceñido que viste me regala una hermosa panorámica de sus curvas. Las disfruto, por supuesto.

Impacta con su presencia. La chica que regaña a su pareja por girarse para darle un segundo repaso, me lo confirma.

—Hey, pelirroja. ¡Celine! —digo con la voz más elevada.

No sé si responderá por ese nombre, ya me dijo que no es el real. Igual, lo intento.

Se gira y me ve. Abre los ojos y la boca en un claro gesto de sorpresa. Mira para todos lados y otra vez, clava la visual en mí.

—¿Qué haces aquí? —pregunta cuando me tiene cerca.

—Vuelo a casa —respondo.

—Ah —murmura sin agregar nada más. Me mira de arriba abajo y sentencia alejándose—: Tengo prisa.

—¿Hacia dónde viajas?

—A casa también. Buen viaje, *peque* —me desea, y guiña el ojo.

Ya entendí. Es de esas. Las de una vez y ya no me interesas.

Yo no soy así. Me gusta repetir si lo pasé bien. Cuando tengo tiempo libre, pocas son las veces, a decir verdad, ya que no puedo escaparme de casa tan seguido como quisiera, prefiero ir sobre seguro. Ya me llevé varios chascos. Perdí tiempo y oportunidades únicas de quitarme las ganas. Con ella, todo fluyó y… prefiero no recordar demasiado.

Me aprieto el paquete para obligar a «la fiera» a que se quede quietecita y siga durmiendo.

Caigo en la cuenta de que si vuela hacia su casa es porque no vive aquí. ¡Mierda!

Abro la aplicación y le pregunto dónde vive.

La dejo escapar, como quiere, y me dirijo hacia la puerta de embarque de mi vuelo. A ver si con la tontería, lo pierdo. Bella me mataría.

Capítulo 6: Celine

Salgo del aseo donde me escondí y escaneo la galería de un lado a otro.

¡Qué mala suerte la mía!

No me hubiese importado conversar un rato y matar la espera con el mocoso bonito, pero lo veo demasiado interesado y no estamos en la misma línea de pensamientos.

Yo no busco pareja. Mi hobby, como les hago creer a mis amigas, es mantener mi cuerpo despierto y sin deseos insatisfechos.

Con un hombre en mi vida, me alcanza. Él me cuida, me da cariño, piensa en mí, me llama a diario por cualquier motivo, me da consejos y se deja reprender si estoy de mal humor, no se queja con mis berrinches de hija única y no me critica. ¿A que es el sueño hecho realidad? No necesito más que eso.

El sexo es otra cosa. Es más fácil. En un movimiento de dedo hacia un costado, cumplo mis fantasías. No preciso fingir orgasmos, no tengo que esforzarme por no dormirme en la rutina, puedo variar de intensidad y probar cosas nuevas si me apetece. No me hace falta conversar hasta dormirnos, ni ensayar palabras bonitas para adular a mi compañero.

Vivo lo mejor de los dos mundos. No puedo quejarme. Es por eso por lo que no quiero que este chiquillo, que no creo que tenga más de veinticinco años, venga a romperme los esquemas y ponerse denso.

Está bien... me voy a extender un poco más en la explicación.

Parece que me gusta contarte secretos. A ver, lo mencionaré solo esta vez. Me tengo miedo. Si un chico me gusta mucho, me aterroriza mi propia reacción. Estoy acostumbrada a no necesitar nada, a nadie. Sé que me aburriré y, tarde o temprano, lo haré sufrir.

¿Me crees si te digo que desde los veinte no tengo novio? ¿Sabes que no me enamoro desde que cumplí los diecisiete? Fue un amor imposible y no correspondido, pero aun así, fue un amor.

No me equivoqué, no. No hagas cuentas. No estuve enamorada de mi último novio. Era una amistad sencilla, sincera y nos gustábamos. Quise intentarlo. Aprendimos a ser adultos juntos y cuando nos dimos cuenta de que ser pareja era otra cosa, nos dejamos de ver. Nos perdimos con los años y no es de extrañar. Fuimos útiles para el otro por un momento. Sin nada más que compartir, la vida nos llevó por diferentes caminos. No nos elegimos. Es simple.

No me gusta complicar las cosas. No soy de forzar las relaciones. Es o no es. Se da o no. No hay que obligarse a encajar. Odio tener que esforzarme para agradar. Me reconozco una persona difícil, demasiado franca y con pocas pulgas. No todo el mundo sabe valorar eso de mi personalidad y está bien. Lo acepto. No obstante, soy así y también quiero elegir si me quedo o me voy.

Volviendo al *cachorrito*... es muy guapo y agradable. Parece dócil y vulnerable. ¿De verdad cree que puede con alguien como yo? Alguien que si se levanta de mal humor gruñe, muerde y hasta le sale espuma por la boca. No. Y como me dejó con las rodillas temblando y anonadada por su actuación de macho alfa, mejor, le huyo.

Allí está.

¡No lo puedo creer!

Lo distingo entre las personas que se agrupan frente a la puerta de ingreso a mi vuelo. Ocultarme no sirvió de mucho.

—Creo que me equivoqué de puerta —murmuro para mí, conservando la esperanza.

Tomo mi billete y lo verifico. Resulta que no le pifié. No me puede estar sucediendo esto.

La aplicación de citas me anuncia un mensaje y lo leo, por curiosidad.

—En Groenlandia vivo, *baby* —digo en voz alta mientras le respondo eso mismo: «en Groenlandia».

Me guardo el móvil en el bolsillo y me voy escondiendo entre las personas para evitar ser vista por el *púber cariñoso*. Tomo la gorra que llevo en el bolso de mano y me la coloco. Mi cabello es delator. Espero que no haya reparado en mi vestimenta. Por las dudas, me pongo un abrigo que llevo siempre por precaución y me cubro el pelo también con él.

Sube al avión antes que yo. Lo veo acomodarse en su butaca y respiro tranquila. Viajamos bastante lejos uno del otro y no tengo que pasar por su lado.

Casi vencida por el sueño y segura de estar a salvo del chiquilín, le envío un mensaje a Conny. Quiero que cuente conmigo para lo que necesite. Ya debe haber llegado a su casa. No quiero pensar en lo que deben estar pasando esos dos. Pobre Dante.

Escuchando el carreteo del trasto que me trajo a casa, me quedé dormida. Amo volar cuando estoy cansada.

Como la maleta viajaba conmigo, no necesito perder tiempo esperándola. Me dirijo directamente a la salida, con pasos decididos.

Mi santo padre vino a por mí.

Lo distingo entre la gente enseguida. Sonríe al verme, tanto que sus ojos celestes se vuelven dos líneas finas y sus labios desaparecen debajo de su tupida barba blanca, que ata a la altura de su pecho. Sí, su barba es larga y sus bigotes, más grises que blancos, son curvados. Los lleva al estilo Bandholz. Tiene el cabello cubierto de canas en su totalidad, corto y rebelde en la parte de arriba, lo peina con las manos, mejor dicho, lo despeina. Lleva un aro en la oreja, es una argolla de plata que le regalé yo. Su brazo derecho está cubierto de tatuajes que él mismo dibujó y representan momentos de su vida. Mis pies de cuando era una bebé están allí y un dibujo de mis ojos llenos de lágrimas. Una imagen que dice que quiere recordar por siempre, para no olvidar que mis lágrimas no se perdonan.

No, no se perdonan. Él me enseñó eso hace ya muchos años.

Me abraza con fuerza cuando llego a su lado, como si hiciera siglos que no nos vemos, y me acaricia la mejilla. Su olor me hace cerrar los ojos y aspirar.

—Dame ese bolso, así no haces fuerza —dice con su voz profunda y segura—. ¿Qué tal el fin de semana? ¿Cómo está la novia?

—No habrá boda, papá —le cuento con la voz tomada por la congoja que me provoca recordarlo.

Sus ojos casi se le salen de las órbitas. Demás está decir que adora a mis amigas.

Mientras nos dirigimos a su 4x4 tuneada, le cuento lo sucedido, dejándolo un poco atontado.

Capítulo 7: Enzo

La veo alejarse con el hombre canoso que vino a buscarla. Van abrazados. Mentirosa. Claro que no le creí lo de Groenlandia, aunque tampoco imaginé que podríamos coincidir.

Sí, vivimos en la misma ciudad, y ese hombre no me preocupa porque es demasiado mayor para ella. Su pareja no es. Ya sé que nos acostamos, pero no sería la primera mujer desleal que engaña a su novio o esposo para retozar con un desconocido. No nos hagamos los tontos. Infieles hay en todos lados.

No me voy a enroscar con este tema… que me conozco.

Se suben a una camioneta enorme y ruidosa, y la pierdo de vista. No me puedo resistir.

Abro la aplicación y escribo: «Mentirosa». Nada más.

Ella lo entenderá.

Dudo.

¿Y si no entiende?

Abro otra vez la dichosa *app* y agrego: «Hermosa camioneta tiene el hombre. Ruge lindo. ¿Es tu padre?».

Ahora sí, me quedo tranquilo.

Sonrío y tomo un taxi hasta mi casa. Allí me esperan dos de mis tres mujeres preferidas.

Mi hija, mi torbellino particular, se me lanza desde el metro que nos separa y casi pierdo el equilibrio atajándola.

—Veo que me extrañaste —digo, besándole el cuellito y las mejillas para hacerla reír.

Se retuerce para poder escapar de mi abrazo y me mira con carita astuta.

—¿Qué me trajiste? —pregunta con picardía.

—¡Qué fea actitud! Solo esperas a tu papi por el regalo —expresa Malala, y me abraza desde un costado para darme la bienvenida.

—Es mentira. Sí que te extrañé. Anoche lloré. Díselo —ruega con carita compungida para que me dé pena.

—Pero ¡si me pediste que no lo hiciera! —exclama Malala.

Bella se pone colorada y le da vergüenza, esconde su carita en el hueco de mi cuello y quiero comérmela. Es dulce. y cariñosa mi chiquilina.

—No debes llorar. Sabes que siempre vuelvo. Además, nunca me voy más de dos o tres días —le explico. Me aprieta más—. Ven, vamos a abrir las maletas.

—Yo me voy, tengo mil cosas que hacer —dice Malala y me da un beso en la mejilla—. Estuvo todo perfecto. Lo del llanto es una tontería, quiso que le leyeras el cuento —me explica al oído.

Intentaré creerla y no pensar que mi pequeña no lo pasa bien en mi ausencia, porque me culpo y dejo de dormir. Me produce mucha ansiedad no estar a la altura. Quiero, necesito, ser un buen padre.

Mi hermana dice que debo inscribirla en un jardín de infantes para que interaccione con más niños, no solo con mis dos sobrinos. Varones, brutos y poco pacientes con mi princesita. No lo digo con ironía, lo digo objetivamente. Ellos son de juegos rudos y Bella es más de tomar el té, vestir muñecas y todo lo que tenga que ver con el arte. Lo mismo pasa con las películas, tienen distintos gustos. No encajan y listo. No podemos obligarlos.

No pasa lo mismo con mi cuerpo y el de la pelirroja. Es un hecho, encajamos a la perfección. Lo menciono de pasada, nada más. No estoy pensando en ella, ni en la explicación que me dará, si me da una. Para nada.

¡No quieres saber lo que me pica el móvil en el bolsillo! Tengo tantísimas ganas de abrir la maldita aplicación para ver su comentario…

—¡Me compraste el rojo! —grita mi niña al ver la masa para modelar que le traje.

—Ese me habías pedido, ¿no? —menciono,

señalándome la mejilla. Recibo un beso aplastado y doloroso—. Mañana mismo nos pondremos a trabajar con ella.

—¡Sí! —chilla saltando por los sillones.

Me parece que analizaré un poco sobre la educación que le doy. No soy muy estricto y crece rápido.

Necesita más límites.

Otro día.

—¡Duele! —me avisa con cara de mala al recibir el golpe con el almohadón—. Ahora verás…

No te voy a explicar lo que es una guerra de almohadones, ya lo sabes. A eso solemos jugar mi niña y yo. Su único juego rudo.

Capítulo 8: Celine

Me quedé a dormir en casa de mi padre. Creo que lo deprimí con la noticia de que Conny ya no se casará.

Es hora de levantarse ya.

Abro la agenda para anotar algunas de las tareas que me encomendaron para anular la ceremonia y demás. Todas ayudaremos en esta dolorosa cancelación. No queremos que los exnovios tengan que pasar por eso.

Después de anotarme todas las ayudamemorias, me dirijo a la cocina.

—Buen día —dice la voz gruesa de mi padre.

Me besa la frente antes de poner un café en mis manos.

—¿Has dormido bien? —le pregunto. Sus ojos hinchados ya me han respondido.

—Lo haré cuando vea a Conny sonreír, feliz de haber cancelado su boda con Dante y no arrepentida —me explica.

Sonrío sin ganas y asiento. Es como un padre para las cuatro. Mejor dicho, actúa como un padre con las cuatro. Cada una tuvo o tiene un progenitor, pero mi padre es de esos hombres protectores y cariñosos que da mucho sin esperar nada a cambio. ¡Cómo no amarlo!

Le escribo a Conny, pero no responde. La dejaré ignorarme un par de días. Seguro que no se siente bien. Entiendo por lo que está pasando.

A Val le marco directamente para una videollamada. ¡Me encantan las videollamadas!

—Hey —dice ya en la pantalla de mi móvil.

Tiene ojeras y eso, en Val, es muy raro. Demasiado raro.

—Nos vemos en media hora en el restaurante —ordeno. Vamos, que la conozco y es de las que escapa de los problemas. Ella sí es de esas.

Para que no me dé vueltas y se niegue, corto la llamada.

Mi padre se gira y me clava la mirada, cuestionándome por el trato cortante con mi amiga. También lo conozco.

—Val tiene mala cara. Nos vemos luego en la galería y te cuento. Chismoso —le explico y me despido.

Nada más entrar al restaurante, me increpa Toto, el gerente. No sé si es el dueño, no se lo pregunté nunca. Vengo aquí casi a diario, es como mi guarida. Si tengo citas con desconocidos o reuniones de trabajo, o inclusive, si me junto con mis amigas, este es mi lugar seguro.

—Dichosos los ojos… —murmura con voz melosa.

—Hola, guapo —agrego yo, haciéndome la linda.

Tenemos ese juego. Me guiña el ojo y me señala la mesa de siempre.

—¿Tomas algo?

—No, gracias. Espero a alguien —respondo.

Baja la cabeza en una clara expresión de «entendido» y me deja sola.

No tengo ni tiempo de abrir las redes o los correos para no aburrirme mientras la espero. Mi amiga llega y se deja caer en la silla frente a mí.

—No tenía ganas de venir —gruñe, sin siquiera quitarse las gafas de sol.

—Lo imaginé —señalo y no tengo ni una pizca de remordimiento. La estudio sin disimulo, además.

—No te importó.

—*Nop*. Desayuna. —Sigo en modo madre superiora, cuidándola aunque no quiera—. ¡Toto!

El nombrado se acerca, saluda a la rubia y toma nota de lo que pido. Val niega a todo. Yo la ignoro. Está tan cabizbaja que ni mueve las manos, y eso es grave. Ella gesticula en exceso.

—Dante no me habla y yo no quiero hablar con Conny —susurra, cuando estamos solas otra vez. Era cuestión de tiempo para que lo soltara.

Cada palabra le pesa. Lo veo en su rostro, en la tensión de sus labios, en cómo se aferra a su propia incomodidad y dolor.

—Date y dales tiempo —señalo, tomándole la mano.

—Dante es impulsivo. Ya me escuchará y lo solucionaremos, lo sé. ¿Puedes creer que piensa que yo estaba al tanto de lo que sentía Conny? Bien sabes que no es así.

Saliendo en defensa de Dante, él tiene el derecho de dudar, y lo más seguro es que lo ciegue el sufrimiento. Pero no diré eso, por supuesto.

—Hablaré con él —No me cuesta nada hacerlo y hasta puedo ayudar a que los hermanos se perdonen.

—No hace falta —me asegura Val con tono firme—. En cuanto a Conny…

—Val…

Quiero decirle que no la juzgue, que tiene demasiado con lo que lidiar, que no lo hizo adrede…, pero me interrumpe con una mano en alto.

—Ya sé. La entiendo. No obstante, siento lo que siento y me haré cargo de ello, no de los sentimientos ajenos —Hace un silencio dramático y se baja un poco las gafas para mirarme por sobre ellas—. ¿Me convierte eso en mala amiga?

Niego con la cabeza y dibujo una sonrisa.

El camarero llega a nuestro lado y cuando comienza a poner la comida en la mesa, Val me lanza su odio con la mirada. Pedí mucho, lo reconozco.

—Come y no me hagas renegar —exijo en broma, llevándome un trozo de *croissant* a la boca para que me imite.

Obedece, raro en ella.

Al ver que lo que obtuve ha sido todo, por ahora, cambio de tema. Quiero distraerla y que cambie la cara.

Se me ocurre abrir la aplicación de citas para revelar al muñequito con el que me acosté y me encuentro con un mensaje. No tengo ni idea de cuándo lo puede haber enviado, es evidente que no escuché la notificación.

—¡Mierda! —exclamo después de leerlo.

—¿Qué? ¿Te quemaste con el café? —pregunta Val, desorientada al máximo. Se ve que estaba inmersa en sus propios pensamientos.

—Mira. —Le muestro la foto primero, mientras le describo la situación.

—Me encanta. Es lindo.

Aclaremos este punto, ella es enamoradiza, ese es «su» *hobby*.

—Es un *baby*. Y un pesado. Lee esto que me envió. —Abro la pantalla de mensajes y le doy el móvil.

No le toma mucho, porque es una conversación corta. Me mira y se descojona.

El enfado me obliga a meterme un bocado más de tostada fría en la boca.

—Necesitas que alguien te plante cara, comehombres.

¿¡Perdón!?

—¡No necesito eso! —exclamo—. Y menos, si esa cara requiere *cremita* para que no se irrite. Ni barba le debe crecer.

Me crispa que piense así. A mí no me va a correr un veinteañero cualquiera. Tampoco aceptaré la burla de mi amiga, la que venía al borde de las lágrimas, para más inri.

Atrevida.

No pasa nada, Val no corre peligro, soy solo espuma. Lo mío es implosivo e inofensivo.

—Lo dudo. Seguro que tiene pelos… ahí… —agrega, con la boca llena. ¡Que la parió!

—¿Y desde cuándo hablas del «ahí» de nadie, tú? Se depila un poco, no tiene un bosque tampoco —digo, más como un pensamiento en voz alta que debería haberme ahorrado—. ¡Y qué te importa!, digo yo.

Val se mata de risa. Se me dibuja una sonrisa tonta también. Me alegro de haber conseguido que olvidara sus problemas un ratito, a mi costa, pero eso no importa.

Me quedo mirándola un rato, saboreando la alegría de su rostro y me encuentra observándola.

Bebe su café sin apartar la mirada y, una vez que tiene la boca vacía, me muestra su cara natural, relajada, sonriente y exótica, eso también.

—Gracias —murmura.

—Cuando quieras —digo y le guiño el ojo.

Las dos sabemos el motivo de su agradecimiento.

Me tienen por la fría, la poco sentimental, la que no se

emociona con casi nada y se ríe del romanticismo. No lo niego, soy todo eso, aunque también soy el tipo de amigas que lo da todo. Saben que pueden contar conmigo para enterrar un cadáver si fuese necesario. En sentido figurado. Creo. No estuvimos en esa situación aún.

—¿Lo verás otra vez? —me pregunta, señalando el móvil que tengo a mi lado.

—*Nop* —aseguro, sin dar más explicaciones.

Ahora que sé que vivimos en la misma ciudad, debería decirle que no me escriba más. Hago una nota mental sobre esto.

Viéndolo en retrospectiva, me arrepiento de no haberme ido al verlo tan tiernito. Tenía pinta de intenso e insistente, lo confirmé cuando me abrazó, cuando se metió entre mis piernas y no me soltó hasta que rogué y, aun así, no lo hizo.

¡Me pidió el número de teléfono! No sé si eso lo convierte en tonto o valiente.

¡¿Quién pide el número de teléfono a una cita de aplicación?! A mí, ni se me ocurre.

Me irritan los hombres que dejan una marca de algo bonito. Se supone que no debería existir ningún tipo de conexión cuando te acuestas con un desconocido.

—No, no volveré a verlo —repito sin venir a cuento o, mejor dicho, después de divagar sobre él.

Val me mira con asombro, masticando.

—Ya te había escuchado —explica y eleva los hombros.

Ya entendí, estaba de más reafirmarme.

—Por las dudas —agrego, y me lleno la boca con... ¿Qué es esto? Un tipo de galleta italiana de tamaño pequeño... no importa, sirve para no seguir hablando.

Capítulo 9: Enzo

Estoy agotado de tanto trabajar. Me duelen la espalda y la cabeza. Me voy a dar una ducha larga y a acostar sin leer o mirar la tele. No puedo más.

Bella ya está dormida. Estuvo ansiosa desde que se enteró de que mañana se va a pasar el día a la casa de mi hermana. Resulta que allí tiene una amiga nueva. Es la hija de una vecina. La niña de la casa de al lado, le puso ella, porque no recuerda el nombre.

En pelotas como estoy, solo y en mi dormitorio, tomo el móvil. Andar desnudo me excita un poco y, si eso sucede, la pelirroja mentirosa vuelve a mi mente.

No tuve noticias de ella desde que le escribí. Hace ya una semana de eso. Lo cierto es que no tuve tiempo de ponerme en contacto con ella, ni posibilidad de escaparme para verla, si aceptase hacerlo, claro. Mañana puede ser el día.

Dejaré a Bella y... No, con la claridad del día, me parece una tontería. No busco una cita, todo lo contrario. Mejor, aprovecharé para hacer tareas atrasadas y por la noche... Me da un tirón *la bestia* de solo imaginármela otra vez entre mis brazos.

¡Qué patética la frase! «Solo imaginármela otra vez entre mis brazos», ¡madre mía! Si mi imaginación es más cochina que eso.

Le escribo sin pensar demasiado en qué poner: «¿Nos vemos?».

Simple, directo. Su respuesta debería ser un sí o un...

«No».

¡Mierda!

Me dijo que no.

«Hablo de mañana por la noche», insisto y aclaro, por las dudas.

Ya no obtengo respuesta.

Malala me tira la bronca por llevar a Bella tan tarde. Parece que mi hermana había organizado con la vecina y los hijos de cada una, además de mi niña, para almorzar.

Me quedé dormido y, entre una cosa y otra, me retrasé.

Paso el día haciendo de todo un poco y cuando por fin quedo libre de cualquier compromiso, abro la aplicación.

A ver, soy el hermano menor. Fui caprichoso toda mi vida. Adoro los desafíos y consigo lo que quiero la mayoría de las veces. La palabra imposible no está en mi vocabulario. Lo que no significa que no sepa aceptar las negativas o me ponga testarudo sin fundamentos. Aunque, a esta negativa silenciosa, no la aceptaré de momento. Por eso, al no obtener respuesta de la supuesta Celine, le envío un horario y una dirección. Agrego que solo la esperaré cinco minutos, porque esta noche tendré sexo con ella o con otra.

¡Una vez que tengo la noche libre!

Me preparo con tiempo y me dirijo hacia mi destino para estar allí en punto. Antes de llegar, recibo un mensaje con un cambio de nuestro lugar de encuentro. Acepto, tampoco me voy a poner quisquilloso. Busco la dirección en el GPS y advierto que es un restaurante.

—Vaya, después de todo sí tendremos una cita —digo en voz alta, doblando hacia la derecha.

No sé si es lo que buscaba, aun así, no me quejo. Me gusta la chica y no me molesta conversar un rato. «Antes», porque esta noche terminamos en una cama, eso lo tengo claro.

Estoy por bajar del coche cuando la veo descender de un taxi. Va vestida para matar. Y lleva la falda demasiado corta, tanto que lo primero que se me viene a la mente es meterle mano mientras cenamos.

Me dirijo hacia ella justo cuando la increpa un tipo bastante corpulento y elegante. La toma del brazo y la zarandea un poco. Ella no se amedrenta, aunque parece nerviosa.

Apuro el paso y me planto delante de ambos.

—Buenas noches —digo con la voz grave.

No quiero nombrarla porque sé que no me ha dado su nombre verdadero y no puedo quedar como el desconocido, que en realidad soy, si pretendo ahuyentar a este mequetrefe.

—Qué justo. Recién llego. David ya se va —dice ella, colgándose de mi cuello.

El tal David me mira de arriba abajo y a ella le regala una cara de asco que mata.

—Dime dónde está —masculla el tipo, con los dientes apretados.

—No puedo. Está preparándote una sorpresa, ya te lo he dicho —asegura con la voz un poco rara. Como no la conozco demasiado, no puedo asegurar si es temor, inseguridad o qué.

Me toma la mano y me guía hacia dentro del restaurante. No se despide. Yo tampoco. El hombre nos mira hasta que la puerta nos separa y, recién después, se va, despotricando.

—¿Quién es? No quiero ser un tercero en discordia —le aclaro. No me van los líos.

—*Baby*, esto no es contigo. Respeta a tus mayores —dice con altanería jocosa.

Tengo que mirarla más de dos segundos para notar que es una broma.

Se lo dejo pasar porque me encanta su ironía.

—Hola, Toto. ¿La mesa de siempre? —pregunta a…
No hay nadie a la vista.

Un hombre lleno de tatuajes, los tiene por todos lados, menos en la calva y rostro, afirma con un gruñido. No lo había visto. Acaba de salir de detrás de la barra. Doy por entendido que la pelirroja viene seguido.

Tomamos asiento enfrentados y, entonces, por primera vez desde que llegué, me mira a los ojos.

—Siento que tuvieses que presenciar lo de recién —murmura seria. Más cercana que de costumbre.

Así de dócil, también me gusta.

—¿Quién es? —vuelvo a preguntar, porque necesito asegurarme de no correr peligro. El tipo parecía enojado.

—Es el esposo de una amiga. No sabe dónde está y vino a preguntarme —me explica.

—Y tú sí sabes dónde está —agrego.

Baja la mirada y toma una servilleta para juguetear con ella, pensativa.

La verdad es que me había preocupado un poco por el hombre ese. No busco problemas. Un segundo polvo, por más bueno que haya sido el primero, no amerita complicarme la vida. Mi realidad me exige tranquilidad y que las cosas fluyan.

—Creo que las cosas no son como ella me las ha contado —comenta en voz baja, como si hablara consigo misma—. Huelo algo raro. En fin. Ya que estamos, ¿cenamos?

Frunzo el entrecejo y clavo mis ojos en los suyos, ahora que levantó la cabeza.

¿No es obvio?

¿No me invitó para que cenemos juntos?

Asiento y no agrego nada más. Me desconcierta esta chica, pero no voy a hacer ningún intento de entenderla. Estamos para lo que estamos.

El camarero la saluda con confianza y me recomienda un plato, que acepto. El tatuado de la calva no me quita la mirada desde la barra y me da miedo preguntar, aunque más miedo me da el calvo.

—¿Ese es tu ex o tu hermano mayor? Me está poniendo nervioso —expongo por fin.

—¿Toto? No te preocupes por él. Es un amigo y me cuida las espaldas. Si no piensas lastimarme, que no te asuste.

Vaya, eso sí que me deja más tranquilo.

Creo que me estoy arrepintiendo de haber venido.

Capítulo 10: Celine

No sé qué hago aquí. Tampoco qué hace el *mocoso* sentado en la mesa. Todo sucedió tan rápido que no supe cómo actuar. Mi idea era ir por ahí a tomar una copa sola. Al salir de mi edificio vi a David, el esposo de Alana, mi amiga. La que se quedó trabajando en el hotel de la despedida de soltera.

Resulta que ella está preparando una sorpresa para su marido. No podemos decirle dónde está hasta que no nos lo permita. Lo cierto es que David me llamó dos veces ya preguntando por ella y, como no puedo decir la verdad, me enredo en palabras, y él se pone nervioso. Por eso, quise huir esta noche, pero me siguió.

Lo desconozco. Nunca fue tan agresivo. No le caigo bien, eso lo sé. Cree que por ser tan «libertina», como señala él, llevaré por mal camino a Alana.

Si la conociera como dice hacerlo, sabría que es

imposible corromperla. Es leal y está enamorada. Tampoco yo haría nada para poner en riesgo una pareja de tantos años, aunque eso no tiene por qué saberlo. A mí no me conoce, ni me importa que lo haga. Somos la amiga y el esposo de alguien a quien ambos queremos mucho, nada más nos une.

A lo que voy es que lo de esta noche no es propio de David. Es un hombre medido, educado y la manera en la que actuó hace un rato… No, definitivamente, no me gusta.

Hablaré con Alana.

—¿Te sientes bien? —pregunta el morenazo de ojos marrones y carita de niño bueno. El *baby*, sí, ese.

Insisto en que no sé qué hago aquí, ni con él. No quería volver a verlo. Me lo estaba prohibiendo. Tentada estuve, no lo negaré. No obstante, soy bastante fuerte y no me dejo dominar por las tentaciones.

No contesté a su invitación porque no acudiría. Lo tenía muy claro. La presencia de David lo complicó todo y modificó mis planes. Le pasé la dirección para que David entendiese que no estaba sola al verme con él. Todo salió a pedir de boca. Como si lo hubiésemos calculado.

Lo raro es encontrarme a punto de cenar con él, en un restaurante con aire romántico y música suave. Tampoco podía echarlo sin darle explicaciones. No soy tan perra.

Estudio su expresión y está genuinamente preocupado. Es un encanto el chico, no merezco su compañía. Intenté utilizarlo y ahora me siento mal.

Nada me cuesta ser sincera con él y hasta me ayudará a sobrellevar el momento.

—Sí. Es que me preocupa mi amiga —respondo.

Muevo la mano para indicar que cambiaré de tema… y los pensamientos también.

Asiente y sonríe.

—No imaginé que quisieras cenar conmigo —comenta, entendiendo que deseo pasar de la conversación anterior.

—No quería, no —digo, y no quito la mirada de sus ojos.

Sonríe bonito y desestima mis palabras.

Atrevido.

O se hace el tonto o le importa muy poco lo que acabo de decirle.

—¿Cuál es tu historia, pelirroja? ¿Tienes familia? ¿Era tu padre el hombre del aeropuerto? —indaga mientras toma un trozo de pan y, con una lentitud que me provoca taquicardia, se lo lleva a la boca.

Se recuesta en el respaldo de la silla y espera.

—Me parece una pregunta demasiado íntima para que la formule un desconocido —comento, apoyando los codos en la mesa.

Intento seducirlo tomando mi copa de vino recién servida y moviéndola delante de mis pechos, apretados por la posición de mis brazos.

Ni se inmuta.

—Entiendo. —Toma otro trozo de pan y, antes de meterlo en su boca, señala la mesa—. ¿Debería alabarte la falda entonces?

No era la mesa lo que quería señalar, sino lo de abajo, mis piernas.

Sutil cambio de tema. Interesante.

Sonrío y me guiña el ojo.

Una de sus manos desaparece por debajo de la mesa y, de inmediato, siento sus dedos en mi rodilla. Es una caricia suave y rápida.

—No te pega hablar de ropa —señalo, y agrego, sin pensar—: Era mi padre, sí. El hombre de mi vida. Somos solo nosotros dos. No tengo madre y no me hace falta tampoco.

No sé por qué digo semejante frase. Se me escapa. Me bebo el resto del vino, sin que me importe la seducción ni su mirada sorprendida.

Por suerte, llega la comida y mantenemos el silencio mientras el camarero nos la pone en la mesa.

—Creo que mejor te alabaré la falda —murmura, y toma los cubiertos—. Te queda de maravilla. Tienes unas piernas de infarto.

—Eso no es alabar la falda, sino mi cuerpo —le explico, comenzando a comer, agradecida con el cambio de tema.

Es más inteligente y astuto de lo que pensé.

—Una cosa lleva a la otra. Toda tú eres hermosa. ¿Celine?

—Puedes llamarme así. Gracias por tus piropos, aunque te cuento que tengo varios retoques estéticos que me ayudan a mantener esta apariencia. Es la edad. Ya lo entenderás. Llegas a los veinte y todo va en bajada —bromeo.

Acepta la broma. Piensa la mejor respuesta sin sentirse ofendido y degusta su plato con una elegancia que me atonta.

Es raro lo que acabo de descubrir: me gusta cómo mastica, cómo manipula los cubiertos o la manera en la que se seca los labios con la servilleta que mantiene apoyada en las piernas. Uf, me produce calor.

—Tendré que felicitar al cirujano o esteticista, así se dice, ¿no? Trabaja muy bien. Dile de mi parte que me cautiva tanto tu belleza que no puedo dejar de observarte.

—Tienes respuesta para todo, ¿cierto? —pregunto, y tuerce el gesto con altanería antes de responder.

—Cuando estoy convencido de algo, no necesito excusas ni frases armadas. Defiendo mi punto, nada más —declara sin dejar de comer.

—Y tu punto, en este instante, soy yo.

—Si quieres ponerlo en esos términos, sí.

Bebe y a mí se me seca la garganta. Otra vez siento sus dedos en mi rodilla.

—Deja de tocarme la pierna.

—Eso no sucederá —afirma.

—*Baby*, no me provoques si no quieres sudar. No

tienes idea de con quién te estás metiendo. No sabes jugar con adultos —ronroneo, acercándome a él, inclinando mi cuerpo para mostrarle un poco más mis pechos.

Por supuesto que hacia allí van sus ojitos. El placer que me produce que se muerda el labio inferior no se compara en nada con el trago del delicioso vino que acabo de saborear. ¡Con lo que me gusta este vino!

—Me encanta aprender —dice en voz baja. Su mano se atreve más. La atrapo entre mis muslos y sonríe—. ¿Demasiado osado?

Apoyo la punta de la lengua en mi labio superior y niego con la cabeza, abriendo las piernas después.

No quería acostarme con este chico otra vez. No quería.

En este instante, no pienso en otra cosa.

Capítulo 11: Enzo

Paso a buscar a Bella con cara de dormido. Mi hermana me mira raro, culpándome de algo que desconozco. Me defiendo de su ataque silencioso elevando las cejas.

—Habla —la increpo.

—Tienes cara de haber trasnochado —refunfuña.

—Lo hice. ¿Está mal? Me encontré con una chica y nos acostamos. ¿Quieres más datos? —comento ofendido por su reprimenda.

¡Lo único que faltaba!

—Enzo, tienes una hija —gruñe entre dientes.

—¿Me desaparecieron las pelotas por eso? Se me levanta, ¿sabes?

—No soporto que te pongas así de grosero —sentencia ofendida.

—Y yo no soporto que te pongas así de intransigente. Soy un padre joven y planeo seguir siendo un hombre también. Tengo necesidades, ganas y no necesito permiso de nadie, Malala.

Me mira en silencio y tuerce el gesto. Baja la cabeza y extiende los brazos, esperando que me acurruque allí.

—Todo lo solucionas con abrazos. No tengo ganas —miento.

—No te hagas de rogar. Te mueres por aceptar mi apretón.

Me acerco y nos abrazamos. Soy débil.

—Perdóname. Me preocupo por ti. No quiero que te pase nada malo. Una mujer entre tu hija y tú puede complicarlo todo.

—Es solo sexo. Necesito emplear mi escaso tiempo libre en actividades propias de mi edad. ¿Tan malo es eso? —le explico.

Me acaricia la mejilla negando con la cabeza.

Malala tiene casi cuarenta años. Le costó mucho quedar embarazada y le llegaron los dos con tres años de diferencia. Vive por ellos y por su matrimonio. Yo le digo que se va a arrepentir, que debería tener algún que otro plan más personal de vez en cuando. Ella dice que los tendrá cuando los niños y la casa no requieran tanto de su presencia.

No estoy de acuerdo, por supuesto. Se le pasa la vida y ya no la veo sonreír como antes. Está agobiada.

No quiero eso para mí. Adoro a mi hija, disfruto de su compañía y de ser padre. Estar solos los dos lo complica todo, es cierto, pero cada día me prometo no dejar de existir como Enzo, el hombre de veintisiete años que lucha a diario por hacer feliz a una hija cuya madre la rechazó. Trabajo, estudio para mantenerme actualizado, viajo si lo necesito, paso noches locas con mujeres que me ponen el vello de la nuca de punta…

Me corrijo, creí que esas mujeres no existían, que eran mitos o anécdotas exageradas de amigos que solo querían dar envidia por sus conquistas o noches de pasión. También creí que con las mujeres con las que me acostaba cada tanto lo pasaba bien y tenía buen sexo.

¡Ja!

La pelirroja supera con creces todo lo que imaginé como una fantasía. Lo de ayer pasará a mis memorias como «LA NOCHE». En mayúsculas y bien remarcado.

No hubo destrezas corporales, posiciones estrambóticas o actividades morbosas, para nada. Hubo compenetración, risas y un maldito orgasmo compartido, otro más, entre jadeos y caricias. Disfruté de ser mordido y rasguñado por la loca más loca de todas, la que rogaba que me alejase apretándome contra su cuerpo y clavando sus uñas en mi culo. La que se movía como una serpiente encantada sobre mí. La misma que tiene una lengua tan caliente, si lame; como ponzoñosa, si habla. Esa que no quiere verme más, me lo dijo guiñándome un ojo y abriendo las piernas para que no me fuese; que me trata como si fuese un niño de primaria y me mira como el hombre que soy.

Mucho palabrerío para una chica anónima de la que no sé ni su verdadero nombre, ¿no?

Sí, demasiadas sensaciones bonitas.

Soy un blando, asumido.

—¡Papi! —grita mi pequeña al verme y se me tira como si yo fuese una piscina llena de agua.

La atrapo al vuelo y la lleno de besos, hasta que me ruega entre carcajadas que la deje en paz.

—Te hice un dibujo —me cuenta, y mi hermana sonríe feliz.

Adora verme con ella. Tuvo miedo de que yo también la rechazase cuando me enteré. Si haces las cuentas bien, notarás que fui padre muy joven.

¿Qué sabía yo de pañales y biberones? Nada más que lo que había visto de Malala. No era mucho, porque no me interesaba. Con veintitrés años estaba más pendiente de la música de moda, los lugares para vacacionar y los culos de las chicas.

Crecí con Bella. Ella me fue enseñando lo que necesitaba y me adapté. Soy un tipo fácil, manso y práctico. Soy trabajador y cariñoso. Espero que mi hija sepa entender esto al crecer y ver la cantidad de errores que cometí como padre. Espero que la balanza se incline para el lado de lo bueno.

Siempre tuve en claro que quien debía criarla era yo, no sus tíos o abuelos. Mis padres la visitan y malcrían. Mi hermana me tiende más la mano cuando requiero de ayuda para obtener horas libres. Me prohíbe las niñeras, solo acepta que tenga una mujer para la limpieza general de mi casa dos veces por mes.

No le gustan los desconocidos para los niños. La entiendo y lo comparto. Me convenció contándome miles de historias policiales que leyó por ahí.

—Entremos. ¿Quieres algo de comer? —pregunta Malala y asiento.

Cocina de maravilla.

Capítulo 12: Celine

$\mathcal{D}$*ejo* a mi padre con los preparativos de la próxima exposición de la galería a regañadientes. No me gusta ausentarme, aun así, fue él quien insistió en que tomase el avión, al enterarse de lo que pasó anoche con David.

Durante el vuelo, respondo correos y solicito presupuestos. Me agendo, para no olvidar, que debo ponerme en contacto con el transporte que entregará las obras vendidas y con la empresa de seguro. Eso quedará para mi vuelta, dentro de dos días.

No me estoy tomando vacaciones. Esto es una emergencia.

Tener una galería de arte es apasionante. Mi padre me enseñó a amar lo que hago. Cada vez que un artista contacta con nosotros, o su agente, acordamos las condiciones y obtenemos la confirmación, se pone en funcionamiento un engranaje que no nos da tregua hasta la fecha de apertura. Nuestro trabajo es arduo y no debe haber errores.

Me ocupo de gestionar la parte financiera, los trámites administrativos y los empleados o empresas a contratar, también de las ventas de cada exhibición, aunque me ayuda alguien, porque hago las veces de anfitriona en cada evento. Mi padre, el artista del grupo, y una amiga suya de toda la vida son quienes se ocupan de tratar con los artistas, de seleccionar las obras y organizar la puesta en escena en cada exposición. Son varios meses de trabajo que se suman al día a día del negocio de venta de arte que tenemos al lado del salón de exposiciones. Allí tenemos empleados con horarios rotativos, como en cualquier comercio.

En fin, que no quería dejarlo con tantísimas ocupaciones, no obstante, aquí estoy…

Llego al hotel donde explotó la bomba de Conny y pregunto por la habitación de mi amiga Alana. Sé que se cambió a una más pequeña cuando nos fuimos, porque la otra era doble y más cara.

—No tenemos ninguna persona con ese nombre hospedada en el hotel, señorita —me dice la mujer.

Tenso la mandíbula. Giro sobre mis tacones, maleta en mano, y tomo el móvil.

Llamo a Alana masticando la mala hostia, la preocupación que me origina no saber dónde demonios está y los motivos de su mentira.

—¿Dónde estás? —pregunto al escuchar su voz atendiendo la videollamada. No voy a darle la posibilidad de engañarme otra vez. Estudios atentamente lo que la rodea, porque estamos en una videollamada, por supuesto. Y no me gusta lo que veo.

La veo reaccionar a la defensiva y ponerse nerviosa. No es mi idea que eso suceda, por el contrario, vengo a ayudarla.

Pongo paños fríos haciendo un par de bromas y por fin, cede.

—Te paso una dirección por mensaje. Te espero —dice.

Me tomo un taxi, porque no pienso caminar con estos tacones y estoy apurada.

Llego a mi destino y, resumiéndolo, tenemos una conversación inesperada. Vuelvo a darme de bruces con una realidad que parece no querer llevarme la contraria: nadie es perfecto, es un hecho como que la Tierra es redonda. Aunque este caso es más grave de lo que podría haber imaginado. Miento, no podría haberlo imaginado jamás. Y como no me gusta exponer a mis amigas ni andar contando lo que no me corresponde, no ahondaré en detalles ajenos.

Para que tome un poco de aire, decido que tenemos que salir a divertirnos. Terminamos la noche en una discoteca.

¡Con lo que me gusta bailar y encender la pista!

Disfruto de la seducción con un muchacho que sabe rozarse y tentarme. Hasta imagino llegar más allá con él. Pero queda todo en eso, en la imaginación. No tengo ganas. Eso me produce un bajón importante.

Le digo a Alana que me voy con él. Miento. Algo impropio por mi parte. No hay motivo alguno para hacerlo, aun así, miento. Si lo pienso un poco, creo que intento engañarme a mí misma, y tampoco le encuentro ningún sentido a la idea que así sea.

Doy infinidad de vueltas antes de dormirme, porque la cabeza me da vueltas y vueltas enumerando problemas propios y ajenos.

Despierto inmersa en un sue… pesadilla, donde el protagonista es el mocoso arranca orgasmos.

Lo de repetir ha sido una mala idea.

Entro a la cafetería, cuya dirección me dio Alana, y veo a un muchacho rubio con pinta de niño bueno que me recuerda… a nadie. No me recuerda a nadie. Repaso con la mirada al mesero que pone nerviosa a Alana con sus salidas de tono y malos modos, y sigo de largo. Más allá está ella, sentada en el fondo del local.

Esto no pinta bien. Su mirada me lo dice todo.

Converso con ella, la obligo a desahogarse y le ofrezco mi apoyo, además de palabras de aliento. ¿Qué más puedo hacer? Nada. No depende de mí lo que le pasa y tampoco puedo solucionarlo.

—Cuéntame algo, cualquier cosa —ruega después de un rato.

No la culpo, quiere evadirse y la ayudaré. No pienso, no analizo nada. Abro la boca y las palabras salen:

—Conocí un chico que me encanta, pero es un crío, y ya sabes lo que me prometí.

No puedo creer que acabo de decir eso. Me muerdo la lengua y me insulto. No tengo idea de dónde anidaba esta palabrería incoherente.

—Y tú conoces mi opinión ante semejante tontería —sentencia Alana. Nota mi incomodidad y cambia de tema—. El trabajo, ¿bien?

No le dedico ni dos segundos más al tema. Sigo el hilo de la conversación sin más.

Mi promesa es inamovible: hombres más jóvenes que yo, no.

Y sí, hay un fundamento muy importante que sustenta esta promesa. Mi vida se dividió en dos por un hombre joven. Mis relaciones son una mierda desde aquel día. Enamorarme está fuera de mi alcance por ello. El dolor de mi padre se clavó en mi pecho hace años y nunca más pude arrancarlo de allí. Su mirada no es la misma desde que secó mis lágrimas aquella noche. Por todo esto, no. Hombres jóvenes en mi vida, no.

Capítulo 13: Enzo

Cuando me meto de lleno en proyectos grandes, me evado de todo. Hace casi dos semanas que no me pongo ropa decente y ando con estas pintas… No es que tenga uniforme, aunque sí prendas específicas para trabajar.

Odio los monos de trabajo, nunca pude con ellos.

En fin, a lo que iba… estoy exhausto y necesito un respiro. Tomar aire, socializar, ver la luz del día más allá de las ventanas de mi casa.

—Ya estoy lista —dice mi pequeña, modelando su vestido nuevo.

—¡Preciosa! Pero ven, que te quito esa marca de pintura. Alguien no se lavó bien la cara.

—¡Sí que lo hice! —exclama, dejándose limpiar.

Bella va de visitas a la casa de la vecina de mi hermana. Irán al cine después y Malala la llevará a dormir a casa de mi madre. Me rogó que descansara, porque dice que tengo ojeras y arrugas nuevas.

No pienso quedarme encerrado. Lo hubiese hecho hace un mes. Ya no. Quiero disfrutar de mi juventud. Saldré con unos amigos y después... La verdad es que quiero ver a la pelirroja.

Me estuvo rechazando por mensajes, aun así, siempre respondió. No sé si conservar las esperanzas o no. Es dura, rebelde y me desafía.

¡Amo los retos! Mientras más quiera alejarse, más insistente me pondré yo.

La semana pasada, le escribí para saludarla. No pretendía verla. No tenía tiempo. Tuvimos un ida y vuelta sobre la vida y somos todo lo opuesto que podemos ser. Si yo decía blanco; ella, negro. No me permite conocerla, evade las preguntas personales y no me hace ninguna tampoco. La respeto, aunque no desisto.

Sí, soy tozudo, nunca lo negué.

Le pregunté si tenía ganas de verme la próxima semana, o sea, esta. Y su respuesta fue «no». Me explicó que no solía repetir con los hombres de la aplicación, que lo mío había sido una «imperfección de la Mátrix». Textuales palabras, sí. Me burlé de su frase y le aseguré que lo «nuestro» no tenía nada de imperfecto.

«No hay nada "nuestro", baby. Ya entenderás que esa palabra abarca demasiado cuando dejes de usar pañales y conozcas el mundo de los mayores. Deja de hacerte ilusiones

96

conmigo. Soy como Tarzán: voy de liana en liana. No me quedo quieta y, mucho menos, secando mocos, chiquilín.

Mira, otra vez pensamos diferente —escribo, ignorando su molesta pulla por mi edad—. Yo soy como un paracaidista: me dejo caer, disfruto del vuelo y busco tierra firme para apoyar mis pies».

Algo así fue nuestro último diálogo.

Siempre escapa cuando la cosa se pone un poco más seria.

No supe nada más de ella.

Mientras espero la hora para ir al encuentro de mis amigos, busco un plan B en la aplicación.

Esta rubia es bonita. Puede ser…

No, ya no me gusta.

Busca relación seria y escucha música clásica. Me aburre la música clásica. Me adormece. Y lo de relación seria, como que no. Bella es mi relación seria.

Sigo pasando fotos por cinco minutos y, de solo imaginar que tendré que presentarme y ensayar una conversación, me arrepiento.

Estoy agotado mental y emocionalmente hoy. Puse mucho de mí en el trabajo y quiero tenerlo fácil. Ir a lo seguro.

«¿Nos vemos?», escribo y borro.

No le voy a escribir.

Como sé que me va a decir que no, porque la pelirroja

no conoce el sí, abandono el móvil en mi bolsillo trasero y me dirijo hacia la puerta. Ya es hora de irme.

Cuando quiero, soy un pesado, un tarado y me comporto como el mocoso que ella dice que soy.

Mis amigos no sabían adónde ir y tenían hambre…

Sip, es lo que piensas. Propuse el restaurante donde me citó Celine. A propósito, ¿cómo se llamará?

Aquí estamos. Casi acabando el postre, conversando de todo un poco y nada de la pelirroja escurridiza.

Para que no se me note la decepción, me disculpo, me pongo de pie y voy a los aseos.

Me refrescaré la cara y…

—¿Qué haces aquí? —pregunta al toparse de frente conmigo.

Se la nota enfadada, además de intrigada.

—No es de tu incumbencia —respondo.

Tampoco le voy a decir que vine para ver si la encontraba. Sería demasiado.

Mira para todos lados y divisa a mis amigos, que nos observan curiosos.

—No te alejes del grupo, patito —bromea.

No tiene buena cara, sus ojos están brillosos y, a pesar de que está preciosa, no sé… Algo le pasa. Su vaquero simple y la blusa blanca son demasiado poco para ella, y más para una noche de sábado. No lleva maquillaje y se recogió el cabello.

—¿Qué te pasa? —le pregunto.

Me mira con asombro antes de negar con la cabeza y alejarse diciendo:

—Deja de seguirme.

No se acomoda en ninguna mesa. El calvo de los tatuajes le sirve un *cocktail* y se ponen a conversar en la esquina de la barra.

Tomo mi móvil y abro la aplicación. Quiero hablar con ella.

¡Qué carajo!

¿Se secó una lágrima? No, son tonterías mías.

No lo son.

El chico la está consolando. La mira con ojitos de enamorado. A mí no me engaña.

Amigo, sí, ¡cómo no!

Guardo el teléfono. No es el momento.

—¿Quién es esa diosa? —quiere saber Tim.

Es un desubicado. Parece que viviese excitado. Tiene tres años menos que yo. Es el hermano menor de mi amigo de toda la vida.

—Muy mayor para ti —le explico y le palmeo la cabeza.

Sonrío al reconocer que algo parecido haría ella conmigo.

—Ya pagamos. Invitamos —dice mi amigo—. Pagas la cerveza.

—Me voy a casa. Se las debo. Estoy agotado —comento.

—¿Cómo llevas el proyecto?

—Con buen ritmo. Ya tengo fecha para entregarlo y espero llegar —le respondo.

Nos encaminamos hacia la calle. Como estoy en mi propio coche, nos despedimos en la entrada del restaurante.

Golpeo la frente varias veces contra el volante intentando arrepentirme.

Nada.

No hay arrepentimiento a la vista.

Hoy me seré un fastidioso de esos pesados e inaguantables, seguro, pero no me importa.

Allá voy.

Capítulo 14: Celine

Toto me mira y suspira. Sonrío en agradecimiento. Como cada vez que me tapa la angustia, quise evadirme saliendo de casa.

No hice cita previa con nadie, solo vine aquí a pasar el rato. Necesitaba distraerme y no tenía ganas de hacerlo con un desconocido.

Alana tiene suficiente con sus problemas, Conny anda desaparecida y Val tiene la cabeza llena de pajaritos por estos días. Vamos a tener que hablar claro con ella. Se hizo amiga del chico que la flechó. Para dejarlo bien claro, la puso en la *friend zone*. Lo peor es que es homosexual y está en pareja, a quien también conoce.

¡No entiendo por qué alimenta esa ilusión! A decir verdad, la entiendo, nadie lo hace como yo.

En resumen, mis amigas no serían un gran apoyo hoy.

—Vuelvo enseguida —dice Toto.

Cierro los ojos, bebo un sorbo de mi Negroni de café y lucho para mantener las lágrimas en los ojos.

La voz de mi padre vuelve a sonar en mi cabeza:

—No esperaba volver a verte —dice, después de abrir la puerta de su casa.

Me extraña que suene asombrado y furioso a la vez. No me acerco para ver con quién habla tampoco, no pretendo entrometerme.

Decido lavar los platos que usamos para comer. Teníamos que resolver algunos aspectos de la exposición de Belyen, por eso vine a cenar.

—Lo sé. Te pido disculpas por aparecer así. Necesitaba venir a decirte que lo siento. ¿Qué le pasó? —pregunta el desconocido, con tristeza en la voz.

—No sé de qué hablas —le explica mi padre.

Ya no aguanto la intriga. La conversación es rara. Paro la oreja, sin moverme del lugar, como toda una chismosa de manual.

—De Mary. Me enteré de que falleció.

Apoyo las manos en la mesa. No puedo mantenerme en pie. Todo lo que me rodea se mueve, veo borroso y sé que es porque las lágrimas me cubren los ojos.

Reniego y las retengo.

Otra vez no.

No será ella quien logre que llore de nuevo.

—No lo sa... —a mi padre se le quiebra la voz, carraspea y

sigue—: *sabía. No tengo, tenía, contacto con ella.*

—Lo siento, creí que… —*El hombre se silencia.*

Mi mente no lo hace.

«Me enteré de que falleció. Me enteré de que falleció. Me enteré de que falleció. Me enteré de que falleció».

Esa frase se convierte en un eco que se repite mil veces y me aturde. Me cubro los oídos y aprieto los ojos.

—Dime que no es mi hija, pero no me mientas —*ruega el hombre con la voz más firme.*

Abro los ojos y me destapo las orejas.

¿Qué?

—Ya sabes que no. Tiene mis ojos, que son los de mi madre también. Es más parecida a mí que a ella. ¡Es mi hija! No tengo, ni tuve, dudas. Nunca. No mantengas esa esperanza. Y no pienso seguirte la corriente con esta locura.

Mis pies me llevan hacia mi padre. No pienso. El hombre de cabello oscuro y barba de varios días está llorando.

Me ve y sonríe.

—Hola, Celine —*murmura.*

Mi padre me abraza y me besa la frente. Sabe que escuché todo. Nota mi angustia. Los tres estamos igual.

—¿Pasa? —*le pregunto, no sé por qué.*

Niega con la cabeza, me acaricia la mejilla y se marcha.

El hombre fuerte como un roble que tengo a mi lado cierra la puerta con una lentitud pasmosa.

—Tu madre murió —*comenta y se aleja.*

—Papá —*suplico entre llantos.*

No se detiene.

—Necesito estar solo —susurra.

Y yo necesito estar con él.

Tomo mi bolso y abandono su casa.

Di vueltas con el coche hasta que llegué aquí. No lo dudé. Entré. No quería estar sola.

Dirijo mi mirada hacia la mesa del chico bonito y advierto que está vacía.

No sé si es desilusión lo que siento o es el vacío que me dejó la noticia de que Mary, la mujer que me parió y abandonó cuando era una adolescente, murió.

Prefiero pensar que es desilusión porque el mocoso se fue sin despedirse. No quiero sufrir otra vez por ella. No lo merece. No lo merezco. Tampoco lo merece mi padre.

—¿Estás mejor? —me pregunta Toto.

Asiento y le dedico un gesto de agradecimiento.

Él me guiña un ojo y no hace más preguntas. Sé que le debo una explicación, aunque no tengo ganas de contarle mi historia. Supongo que alcanzará con esta frase:

—Mi madre murió. Hace mucho que no la veo —le explico. Me corrijo al instante de darme cuenta de mi error—: Veía.

—Lo siento —murmura, y me acaricia la mano antes de decir—: La casa invita.

Se aleja para atender a un cliente y lo saludo con la mano.

Basta de compadecerme.

Doy un paso hacia la derecha, ya afuera, para ir a buscar mi automóvil y me encuentro con él.

Está apoyado en la pared, con la cabeza gacha y los tobillos cruzados. Se envara de inmediato y sonríe con timidez.

—¿Qué haces aquí, cachorro? —pregunto con desgano fingido, exagerando mi cansancio.

Sonríe de verdad y me guiña el ojo.

No sé si es idea mía o de verdad le encanta que lo provoque. Su mirada parece encenderse cada vez que digo algo con ironía.

—Estaba esperándote —responde con seguridad.

—No tengo un buen día —le explico.

Disfruto de su compañía, me divierte el juego que traemos, pero no sé si me acompaña el humor para seguirlo esta vez.

—Por eso estaba esperándote —aclara en voz baja.

Nos miramos a los ojos, ambos confusos por sus palabras. Presumo que no quería decírmelo tan directamente y para mí es una novedad que no me moleste que lo haya hecho.

Tiene toda la pinta de ser un buen hombre, uno muy fácil de dañar y con el peligro de meterse muy dentro, tan rápido como en un chasquido de dedos.

Capítulo 15: Enzo

No me voy a arrepentir de esto tampoco. Se me escapó, no quería ser tan sincero. No me sale mentirle a ella.

Sus ojitos me miran sin pestañear y la besaría ahora mismo.

No lo voy a hacer. No tenemos tanta confianza. O, mejor dicho, no considero que tengamos «ese» tipo de confianza.

—Vamos a mi casa —expongo, esperando que no se note que es un ruego.

—No —dice, categórica.

Lo sabía. Lo esperaba.

Sonrío de lado y le tomo la mano.

—Deja de refunfuñar y entra al coche.

Abro la puerta y la acerco, tirando de ella con suavidad. Se deja. Murmura algo que no entiendo mientras se sienta en la butaca.

No me entra tanta alegría en el cuerpo. Intento tragármela para que no perciba mi emoción. Igual se me escapa en forma de suspiro.

—Espera —solicito, y le ato el cinturón.

—Lo que faltaba —musita con mofa, y pone los ojos en blanco.

Me río de su gesto.

Al acomodarle la cinta que le cruza el cuerpo, mi dedo le roza un pecho. Tuerzo la boca con vanidad al ver su reacción.

Clava la vista en mí y resopla antes de rezongar:

—Atrevido.

Yo solo sonrío y cierro la puerta.

Doy la vuelta al vehículo y ocupo mi lugar tras el volante. Con disimulo, estoy rezándole a todos los dioses, angelitos y cualquier ente que pueda ayudarme a no pifiarle con ella.

Siento que si me impongo, por más que lo haga en broma, no me pasará por encima. No quiero ir detrás de ella, prefiero que estemos a la par o ganar un poco la delantera para no acojonarme con su temperamento.

No voy a pensar demasiado en cuánto me gusta. ¡Si yo solo buscaba sexo vacío, rápido y sin compromiso!

¿Qué estoy haciendo?

«Mi relación más seria es Bella».

—Volviendo a mi atrevimiento… —digo, olvidando mis razones para desistir de esto, ya en el tránsito—. Es lo que más te gusta de mí, admítelo.

—¿De qué hablas? —cuestiona sin entender a qué me refiero.

—Dijiste que soy atrevido y se te nota mucho que es lo que más te gusta de mí —comento, con una seguridad que no tengo.

Suelta una carcajada seca y mordaz. Mira por la ventanilla para parecer indiferente a mis palabras y a mi repaso visual.

—También eres irritante —murmura sin girarse.

La ignoro, porque sé que no piensa eso. Si no, no estaría aquí.

—Agradece que tienes buen gusto y te agrade un tipo como yo y no, uno aburrido —agrego, porque disfruto de pincharla. Sus ataques venenosos me pierden.

Me mira de golpe.

No le hago caso y continúo:

—Imagina que me rechazas, por cabezadura, y yo decida no insistir. ¡Te lo perderías! Cada día de tu vida lo pasarías especulando en qué hacer para volver a verme. Estarías tan arrepentida. Yo no te estaría esperando, por supuesto, y andaría por ahí, como Tarzán. De liana en liana, era, ¿no? Reconócelo: estoy salvando tu paz mental.

No puede creer lo que digo, lo veo en sus ojos y gestos. Sé que son un montón de tonterías, pero logran el cometido de hacerla reír y de secar las lágrimas, esas que todavía conservaba en la mirada triste que tenía al salir del restaurante.

Este instante, para mi satisfacción, su mirada sonríe.

No voy mal.

—Ahora, analicemos este otro escenario: aceptas salir conmigo porque no puedes resistirte a mis encantos —bufa negando con la cabeza, y yo sonrío, sin detenerme— y quieres saber adónde te llevaría. Imagina que mi respuesta aburrida es: donde tú quieras. Tú mandas, tú eliges. Así de soso y calzonazos. Entregado a tus deseos.

Apoya la espalda en la puerta y me mira con atención. Está planeando el ataque, por fin. Me encanta, me preparo.

La miro con la ceja elevada y vuelvo a la carretera.

Sé que quiere reír y se contiene. Solo dibuja una mueca perezosa, disimulando.

—Es que de verdad, alucinas. Partes de una base fantasiosa: no me gustas —afirma con ese toque de sarcasmo que me enloquece.

—Lo sé. No te gusto, es verdad. Te encanto. No quiero hacerte sentir mal, pero igual voy a decirlo: no sabes ocultarlo.

Por fin se ve relajada y divertida. La tristeza parece haberse escondido detrás de su preciosa sonrisa o de su gesto vehemente, negando con la cabeza y diciendo «no, no, no», solo para poner en evidencia mi tontería.

Le guiño otra vez el ojo con pedantería y vuelvo la vista hacia la carretera.

—Tienes serios problemas —sentencia entre risas mal solapadas.

Comienzo a pensar que sí, que estoy en serios problemas. Ella me mete en esto si me mira, si se deja llevar, si me da pelea verbal, si… ¡Mierda!

Esto se trataba de sexo con desconocidas, no de ir detrás de la desconocida en particular como un perrito faldero necesitado de caricias.

No sé nada de esta mujer inquietante, solo que me gusta y me tiene pensándola en mis momentos de ocio. Mejor, lo dejo así, sin darle más vueltas a la frase. No quiero calcular las horas o días que la tuve en mi mente últimamente.

Y si ese tipo… ¿Tendrá algo con el del restaurante? Algo libre o reciente o… Lo voy a averiguar.

—Sabes que el orangután tatuado está loquito por tus huesos, ¿verdad?

Otra vez se gira hacia mí con rapidez.

A él se le nota, aunque quiero saber qué le pasa a ella con el calvo musculoso.

—¿Toto? No digas tonterías —murmura con seguridad.

—Nunca digo tonterías.

Eleva una ceja, obligándome a repensar de nuevo mi última frase.

—Solo las digo si son necesarias. Para hacerte sonreír, por ejemplo —agrego sin mentir.

—No te hagas el lindo conmigo —dice, sin desviar sus ojos de los míos.

Me pone nervioso que me mire así. Mi intención es mantener esto como un encuentro divertido y ameno.

«No me lo pongas difícil, supuesta Celine. Esta intensidad solo puede complicar las cosas».

Saco un as de la manga y sigo diciendo boberías. Así me siento más seguro y a salvo.

—No me hago el lindo, soy lindo. Aunque tú me ves como un sueño hecho realidad, pelirroja, lo sé.

Se retuerce de risa, exagerando su diversión para ponerme en ridículo. No me importa. Estamos bromeando. Además, me encanta escuchar sus carcajadas.

No puedo dejar de observarla. Giro mi cabeza a cada segundo, sin perder de vista el camino.

Cada vez que lo hago, me encuentro con su mirada transparente y brillosa.

«No me mires así que no respondo, pelirroja».

Capítulo 16: Celine

El mocoso expuso su buen humor. Me dejé transportar a su mundo de fantasías y, sinceramente, me hizo bien.

La realidad no desapareció, aunque pude hacerla a un lado y resetear la mente.

«Gracias, *baby*. Te debo una», pienso mientras lo veo sonreír de lado. Me gusta que no le importe hacer el tonto. Que no tenga actitud de galán conmigo. Lo que no significa que no lo sea. También es un salvador de damiselas en apuro, pero a su manera.

No, no me creo una, aun así, el momento que estaba viviendo requería de un salvataje y supo hacerlo.

Mis ojos no quieren renunciar a estudiarlo. Me distraigo en sus facciones: en sus labios, en su nariz respingona y bonita. Abro la mano para acercarla hacia su cabello y acariciarlo, porque sí, porque me dieron ganas, pero me contengo.

«¿Qué estás pensando hacer? ¡Loca! ¡Desquiciada!», me digo en silencio.

—Tengo que ir a la casa de mi padre —le cuento.

—Te llevo —señala sin rodeos—. Pon la dirección en el GPS.

Lo hago y suspiro. La mención de mi padre me recuerda lo que me espera.

—¿Quieres contarme? —pregunta, poniéndose serio por fin.

Niego con la cabeza y no porque no quiera hablar con él. Es que no lo conozco.

Tampoco pretendo hacerlo.

—¿Cuántos años tienes? —pregunto. Me intriga. Solo un poco.

Me mira con curiosidad y niega con la cabeza.

—Tienes un tema con la edad —murmura antes de responder—. Veintisiete.

—Yo tengo treinta y tres, cachorro —expongo.

Eleva los hombros, restando importancia a mis palabras.

—Pareces de veinte. —Me río de su broma, y se pone serio otra vez—. Mi ex era mayor que yo. Me llevaba cinco años. Estuve a punto de comprometerme con ella.

Lo miro con asombro y dejo pasar la información. No me importa. Mejor dicho, no debería importarme.

Mastico las preguntas que se me pegan en la lengua y me las trago.

—¿Cómo te llamas?

Es solo por hablar de algo, no es que me interese.

—Enzo. ¿Yo debo seguir llamándote Celine? —me cuestiona él.

—Es mi verdadero nombre. Te seguí la corriente aquella vez. Mi madre ha muerto y no lo sabía. Me abandonó hace mucho, igual, me sorprendió la noticia —explico, mirando hacia afuera sin hacer ni la más mínima pausa para cambiar el tema o frenar mis palabras.

—Lo siento —murmura, y mantiene el silencio.

Agradezco que no pregunte nada más.

No tengo idea de qué me llevó a hablar de ello. Supongo que sentí que se lo debía.

No me quiero poner a analizar los motivos que pueda tener para desnudar mi verdad ante el tal Enzo de veintisiete años.

—Llegamos —me avisa.

Detiene el coche y me mira. Sonríe precioso y me guiña el ojo. Ese gesto, que repite tanto, me encanta.

—Deja de hacerme suspirar. No sé hacer biberones —bromeo.

—Qué desilusión más grande.

Se acerca despacio, me toma la cara con ambas manos y besa mi mejilla para después acariciarla. Una electricidad incómoda me recorre por completo. Incómoda porque no sé cómo administrarla.

—No cambiaría nada de lo que pasó esta noche, Celine.

Verte sonreír después de haberte visto llorar ha sido lo más bonito que me ha pasado en días. Y te aseguro que me han pasado cosas bonitas.

Me deja sin palabras. Bajo del coche y me despido sin mirar atrás.

Desestimo todas las sensaciones que me recorren la espalda. No me las puedo permitir, tampoco las deseo.

Cada vez que un hombre me gusta un poco, lo disimulo acostándome con alguien más. No me consiento la ilusión, me obligo a no dejarme llevar por las ganas de conocerlo. Huyo de los que piden más citas, de quien me quiere conocer, del que despierta algo más que un calentón en mi piel.

Tengo que dar vuelta la página ya mismo.

No me hagas caso. Estoy vulnerable. La noticia que recibí fue un duro golpe y todavía no sé lo que significará para mí. O para mi padre.

Entro y todo está en silencio. La cocina está tan desordenada como la dejé antes de irme.

Me acerco hasta el dormitorio principal en puntas de pie.

—Papá, ¿puedo entrar? —pregunto, golpeando la puerta con los nudillos.

—Pasa —murmura con la voz ronca.

Me siento a un costado de su cuerpo, que se mantiene tendido boca arriba.

—¿Lo sabías? —le pregunto.

Niega con la cabeza y me mira a los ojos.

—Te juro que no, hija. Para mí es una sorpresa también. Hice algunas llamadas… parece que estaba enferma —me cuenta.

Asiento y comienzo a jugar con mis dedos, sin saber cómo sentirme.

—¿Quién era ese hombre? —le pregunto ahora que lo noto más tranquilo.

—Ven —susurra, y golpea el colchón.

Me acuesto a su lado, mirándolo.

Él se pone de costado, enfrentándome.

—Antes de que Mary se quedase embarazada, tuvo un amorío con él. Estábamos distanciados por entonces. Nunca fuimos una pareja tranquila. No quiero hablar mal de tu madre, nunca lo hice ni lo haré, solo quiero que sepas que no nos llevábamos bien. Éramos dos personalidades tan opuestas que cuando estábamos juntos, producíamos demasiados cortocircuitos. Volvió a casa cuando supo de tu existencia en su vientre y yo la acepté, porque nunca amé a nadie como a ella. Era todo para mí. Me hacía feliz su presencia, hija. Siempre la perdoné, hasta que te abandonó y sequé tus lágrimas noche tras noche. Ese fue mi límite. Había alguien más importante en mi vida. Recibía la felicidad de alguien más: de ti. No podía concebir que sufrieses.

Acaricio el tatuaje que tiene de mis ojos y me besa la frente.

—Ese hombre apareció un día y quiso atribuirse la paternidad. Mary me juró que eras mía. Lo sentí acá —dice, tocándose el pecho—. Lo confirmé con tu apariencia. Eres igual a mi madre y te parecías a mí de pequeño. No tuve dudas, nunca. Jamás.

—Tenemos esa manchita en el culo... —susurro llorosa.

—Tenemos esa manchita en el culo —repite riendo.

Compartimos una mancha en un costado del glúteo derecho. Es similar y ambos opinamos que es hereditaria. No tenemos certeza de que lo sea, aunque siempre lo creímos así.

—Hija, puedes llorarla, sentirte mal, ir a despedirte de ella... Sé libre con tus sentimientos. No me dañarás con lo que hagas. En la mesa de la cocina está la dirección que conseguí de su sepelio.

Niego con la cabeza varias veces. No quiero tener que pensar lo que debo hacer o lo que quiero hacer.

—Abrázame —le ruego, y siento ese apretón familiar que me reconforta.

No necesito despedir a la mujer que me dejó sola para... No le debo nada.

El olor de mi padre se mete en mis fosas nasales y la angustia comienza a desaparecer. Espero no estar engañándome a mí misma.

Seguiré pensando que no tengo madre. No hay diferencia para mí.

—Val precisa consejos —digo.

Sé que ambos necesitamos un cambio de tema.

—¿En qué anda metida? No me digas nada. ¡Otro amor imposible! —exclama mi padre.

—Para no variar —rezongo. Me levanto y lo miro a los ojos para ponerle el punto final a este luto inesperado—. Aplícate el consejo, papá. Nada de lo que hagas me va a dañar. Vive tu propio duelo. Respeta tu dolor, yo lo haré también. Me quedo a dormir.

—Contaba con ello. Buenas noches, mi amor.

No hace falta que digamos más.

Él y yo nos entendemos demasiado bien con pocas palabras.

Capítulo 17: Enzo

Voy a ser sincero conmigo: me siento horrible.

Es una contradicción, porque esta angustia nació anoche, cuando me sentí feliz y satisfecho por el rato que pasé con Celine.

Me acojona mucho no tener ganas de meterla en la cama. No tuve necesidad de masturbarme al llegar a mi casa. No me defraudó que me pidiese de llevarla a la casa de su padre.

Me parece que tengo que aclararme un poco.

Comenzaré aclarando que no es que no le tenga ganas, lo que quiero decir es que no solo pretendo *eso* de ella. Lo descubrí hoy, hace un rato. De ahí viene el acojonamiento.

A mí me suena un poco a locura lo que pienso, la verdad, ¿o no?

¡Apenas la conozco!

No sé a qué se dedica, aunque sí sé que su nombre es

el real y tiene treinta y tres años. Bueno, también sé que se hace procedimientos estéticos para verse mejor y está viviendo el duelo de una madre, aparentemente, ausente. Nada más. Eso es todo.

¿Será divorciada, soltera, tendrá hijos?

Cada vez que me cité con una mujer y dicha cita salió mal, llegué a casa con la urgencia de machacármela. Así pensamos los hombres. Si fuimos a tener sexo y no lo tuvimos o no nos sentimos satisfechos, acabamos con la tortura en la ducha y listo, adiós dolor. de huevos. Eso no me ocurrió anoche. Al acostarme, solo pude sonreír con tristeza por haber pasado un buen rato y empatizar con su dolor. Eso también asusta.

Ahora, si tengo que hacer un podio con lo que más me aterra, el primer puesto se lo lleva el no percibirme defraudado porque me pidiese que la dejase en aquella casa. Por el contrario, sentí que estaba compartiendo conmigo algo demasiado íntimo que no muchos tenían el lujo de compartir con ella.

No debería darle más vueltas al asunto. Como bien dice Malala, tengo una hija, y meter a una mujer en medio de nuestra relación puede ser catastrófico.

¿No?

Sí.

¡No!

¿¡Por qué debería serlo!?

Mierda, qué mal ando. Estoy pensando estupideces.

Amanecí tan abrumado que me puse a trabajar para dejar de pensar. No lo logré, por eso, salí a correr. No fue lo más efectivo tampoco.

Ni la ducha está colaborando en ello. Bella será quien cargue con la responsabilidad, aun sin saberlo. Es que con ella es imposible divagar en silencio. En realidad, no existe el silencio si mi hija está presente.

No debo comparar las historias, lo sé. Se me hace imposible de todas formas. No supe de nadie que no creciese con la presencia de su madre. Desde hace unos días, conozco a Celine, además de Bella.

Me angustia pensar que, en el futuro, mi hija sufrirá las consecuencias del abandono. Cambiaría mi vida por la de ella si pudiera prevenirlo. No le privé, a la mujer que la parió, visitarla o conocerla al menos. Desconozco los motivos por los que nunca quiso hacerlo, no me importa averiguarlos tampoco. Bella sabrá la historia cuando sea el momento. Hoy no lo es, por supuesto.

La primera vez que mi pequeña me preguntó por su mamá, se me heló la sangre. No quise mentirle, no pude hacerlo. Sabe que existe y cree que no puede venir a verla ni comunicarse con ella. Su cabecita fantasiosa e inocente ha creado una realidad conveniente, presumo. No sé si la espera, si la necesita, si la quiere. Llámame cobarde o mal padre, pero no soy capaz de preguntarle, porque tampoco me atrevería a ser totalmente sincero con mi pequeña. Prefiero demorar todo lo posible el golpe.

¿Qué le diría? ¿Que aquella mujer no se atrevió a ser madre? ¿Que solo la parió, la puso en mis brazos y se despidió? ¿Que como yo no era el amor de su vida, creyó que ser padres juntos no era buena idea? ¿Que como era «un veinteañero hormonal que no supo sacarla a tiempo», esas fueron sus palabras, me tendría que hacer cargo solo de las consecuencias? ¿Que ella creía estar para más, no para ser madre antes a los treinta?

Me enfurece recordarlo todo, me duele en el alma cada palabra escupida por quien fue mi novia. ¡Le iba a proponer casamiento! Quise esperar a tener a la bebé para hacerlo. Siempre supuse que, al verla, se enamoraría de ella.

No fue así.

Conservé el anillo, por si Bella lo quiere como recuerdo.

La única persona que sabe lo del compromiso es Celine. Jamás le conté a nadie mi intención de casarme con la madre de Bella. Menos mal, la decepción supo menos amarga cuando me la tuve que tragar en silencio y soledad.

Lo bueno es que esa beba cubrió mi mundo de amor y pañales, biberones, llantos que no entendía, sonrisas y apretones de dedos con esas manitas tan diminutas y arrugadas. Ella me enseñó a seleccionar los buenos recuerdos para repetirlos una y otra vez en mi memoria y archivar los otros.

No me arrepiento de nada.

Mi hermosa Bella, ya sabes que hace conmigo lo que quiere.

Hablando de ella, tengo que ir a buscarla. No me voy a entretener más.

Una vez que estoy listo para salir, y porque no puedo contenerme, le escribo a Celine.

«¿Cómo estás? Extrañándome, lo sé. Te dejo mi número de teléfono. Llámame», escribo y agrego mi contacto.

Lo que haga con él es cosa de ella.

Capítulo 18: Celine

No puedo creer cómo se me complica la vida.

Estoy dramatizando, lo sé.

Enumeraré mis problemas y no por orden de importancia.

El primero: Alana. Está decidida a mudarse, también, a resolver ciertas dudas y algunos sentimientos que la tomaron por sorpresa. Creo que lo está haciendo bien y la apoyo incondicionalmente. Tanto, que la tengo viviendo en mi casa desde hace cinco días.

No soy una persona complicada para convivir. Eso creía. Mi amiga no piensa igual. Ordeno y limpio cuando lo necesito; lavo ropa cuando veo los estantes de mi *closet* desnudos; cocino una vez por semana para varios almuerzos y cenas, y me encanta ir a restaurantes cuando me aburro de la comida casera; amo ver películas desmadejada en el sofá, solo con mi tanga, una camiseta y una copa de vino blanco; la música es una constante en mi vida de puertas para dentro y el aroma de una vela encendida es primordial. Entro y salgo sin darle cuentas a nadie desde hace una década. Hay marcas, como la del café o el arroz, por ejemplo, que no son negociables y las verduras orgánicas tampoco.

Mi amiga, otra vez, no piensa igual en nada de lo mencionado.

Aclaro que lo vamos llevando bien. No quisimos matarnos todavía.

Pasemos al segundo inconveniente: mi negativa a vivir el duelo de Mary. Enterrarlo junto con ella muy dentro de mi ser y cubrirlo de pensamientos más bonitos, no funcionó. Parece que los genes son más fuertes y por las noches, divago inventando una realidad que nunca viví. O sí, pero que casi no recuerdo porque fue demasiado corta. Extraño una caricia, las palabras de consuelo, los consejos, paseos, una llamada y algunos secretos compartidos que no existieron. Nunca imaginé que a mi edad me tocaría reconocer que me hubiese gustado tener a mi madre a mi lado y lo más doloroso es descubrir que le guardo un poco de rencor. Sueño con la conversación, que ya no tendré con ella, echándole en cara mi dolor, su abandono y su muerte sin aviso, creyendo que eso me sanará por dentro.

Me costará mucho perdonarla. Me conozco, sé que eso pasará. También sé que no hablaré de esto con nadie y tragaré duro todo este drama que me llena de desasosiego y resentimiento. ¿Sanaré? No lo sé. Lo que te garantizo es que sabré navegar en este mar revuelto, como lo hice antes.

La complicación más grande de mi existencia, hoy por hoy, tiene nombre: Enzo. El pequeño morenazo de mirada dulce me tiene caminando por las paredes. Más que nunca, pretendo huir de él y de todo lo que él significa.

¿Por qué no lo hago? ¡Porque no me lo permite!

«Nos veremos pronto. Ya tienes mi número. Llámame», escribe después de pasarme su teléfono.

«No, gracias», respondo yo al día siguiente.

«Me llamarás», insiste él.

Si hasta puedo verle la sonrisa de lado y el guiño irónico al escribir esas dos palabras que mueven el suelo donde estoy parada.

«No lo creo» agrego, segura y sin titubear.

«Sip, lo harás».

«Nop».

Releo el ida y vuelta que tuvimos estos últimos días y niego con la cabeza. No me atrevo a pensarlo más de un segundo: me muero por llamarlo y molestarlo con esta guerra verbal que nos entretiene y nos acerca.

Me preocupa que, en mi estado de fragilidad, sea él quien acuda a mi mente.

Como última queja, debo mencionar a mi querido

padre. Pasó unos días malos en los que me rogó que lo dejase solo con sus pensamientos. Imagino que también tuvo que acomodar la noticia en su cabeza y, aunque me hiera reconocerlo, en su corazón. Me consta que amó a mi madre y se mantuvo leal a esa mujer más allá de sus propios deseos.

Desde ayer, no es el mismo. Es coqueto, lo soy también porque lo aprendí de él, sin embargo, está más... no sé cómo explicarlo. Parece decidido a dejar atrás al hombre que fue y renacer de sus cenizas. Debería ponerme feliz, aun así, me preocupa de todas formas.

—*¿En qué andas tan concentrado?*—*le pregunto al verlo otra vez con el móvil en la mano y tecleando con rapidez.*

—*Cosas mías* —*murmura, sin alejar la vista de la pantalla.*

Nadie me impide averiguar lo que me carcome. Me pongo de pie y me acerco por detrás. Le gano en velocidad y alcanzo a ver la pantalla.

—*¡¿Papá...?! —exclamo la pregunta.*

—*Es nadie. Como los* nadie *de tu teléfono —señala con ironía.*

—*¿Te has bajado la aplicación? Dime que no. O que sí. Puaj, no sé si ponerme contenta o vomitar de la impresión —digo entre risas.*

Mi padre se pone colorado intenso y le suda la frente.

—*No quiero hablar de esto. No es un tema que debamos conversar. Eres mi hija y no, mi amigo. Como ya lo dejamos claro, cambiemos de tema.*

—*Bien, cambio de tema, más o menos. Con sinceridad, papá, ¿por qué ahora? ¿Por qué no antes?* —*quiero saber.*

Toma asiento en la butaca de su estudio, donde hace sus esculturas, y me mira.

—*Esperaba, hija. Esperaba algo, no sé qué, y no, a ella no. Mi amor fue enorme, aunque nunca fue necio. Tuvo límites y tu madre los atravesó. Supe ese mismo día, al ver cómo cerraba la puerta, que el fin había llegado, que ya no había vuelta atrás para nuestra relación. Mi corazón parece ser más tonto y mi ego se sintió demasiado golpeado para asimilarlo sin sufrir consecuencias. La vergüenza, el desencanto, el miedo, mi necesidad de ser el padre perfecto y anteponerte a todos... No, no es tu culpa, fui yo quien lo decidió así* —*me aclara al ver que voy a decir algo*—. *Hoy me siento liviano. No llevo lastre, no tengo mochila. Hace dos días me miré al espejo y dije: ¿por qué no?*

Suspira y calla. Me acerco y le acaricio la barba para peinarla un poco.

—*Por favor, que sea mayor que yo* —*ruego después, entre risas, para aliviar la incomodidad de ambos.*

Me alejo sin más. Eso nos alcanza a ambos.

Retoma su trabajo y me mira de reojo.

—*Es mi vida* —*murmura, casi en tono de disculpa, aunque queriendo dejar claro que mis quejas, recelos o dudas no tienen cabida.*

No pensaba hacer ninguna acotación. Le doy la misma libertad que me dio siempre. No se me ocurriría frenar sus acciones.

—*Lo sé. Soy de la idea de que la vida es lo que uno hace con su tiempo y no lo que el tiempo hace con su vida. Estabas viviendo al revés, papá. Ella no se lo merecía.*

Después de esa conversación un poco agridulce, ser su hija me pone en el lugar de catar la parte agria del asunto; nos pusimos al día con el tema que nos ocupa desde hace semanas: la exhibición de Beylen. No volvimos a hablar de aquello. Me refiero a su *vuelta al ruedo*.

Hace poco nos llegó parte del material de la artista para catalogar y es de lo más original. Transmite muchísimas emociones. Quedamos todos tan impactados que tuvimos que cambiar algunos detalles de la escenografía diseñada, porque nos disparó varias ideas nuevas. Estamos esperando el visto bueno de la mujer, que nos lo dará en estos días.

La ansiedad me tiene en carne viva.

No me llevo bien con ella, nos odiamos. Me pone nerviosa y vulnerable. Hablo de la ansiedad, no de la artista.

¡Necesito sexo! Lo tengo olvidado.

Abro la aplicación mientras espero a Val, que tiene un descanso corto entre trabajos.

Me viene bien distraerme. Encontrarnos a tomar una copa fue el plan ideal.

Toto, por supuesto, que estamos en el restaurante de siempre, se acerca para saludarme y sonrío.

Apoyo el móvil en la mesa y advierte lo que estaba haciendo antes de que se ponga en negro la pantalla. Gruñe algo que no entiendo y se aleja.

El sonido de un mensaje llama mi atención y olvido a Toto.

Es Enzo y quiere que nos veamos. Me niego, le digo que estoy en el restaurante con mi amiga, así deja de molestar.

Me pongo de pie y me acerco al hombre tatuado que me mira con mala cara. No soy de dejar las cosas en veremos para que se solucionen solas.

—¿Por qué me miras y gruñes así? —le pregunto sin rodeos.

—Por nada —ladra.

No me mira. Yo no dejo de hacerlo.

—¡Eres un maldito catálogo de sonidos negativos! —exclamo.

—Si eso piensas —murmura en tono seco y cortante.

—¡Basta! Habla.

No tengo paciencia y tampoco humor. Lo desafío con la mirada y cae en mis redes.

—¡Qué pesada eres! Está bien, tú lo pides. No me gusta lo que haces —dice, señalando mi móvil y entiendo a lo que se refiere—. Soy tu amigo y para eso estamos los amigos, para decir las cosas de frente.

—Eres mi amigo y no me gustaría que te convirtieses en la clase de personas que no me agradan —le advierto, porque su tono no me gusta nada, mucho menos su mirada—. Y porque eres mi amigo, te diré que esto que ves cada semana es un invento.

Que sea él quien me juzgue, me irrita. No es un santo ni es un monje y no le pedí consejos. Me tomo las tetas, una con cada mano y aprieto los dientes para hablar. Sí, estoy molesta.

—Estas son el escudo que me inventé para mi incapacidad social, la que me encanta, por cierto. Aprendí a vivir con ella. Aquí y aquí —agrego, tocándome la sien derecha y después el pecho, justo donde se supone que está el corazón—, solo entran unos pocos: mi padre, mis tres amigas, tú y alguna que otra persona que vaga por el mundo. Elijo.

Me mira con el entrecejo apretado y señala despectivamente mi móvil otra vez, mientras dice:

—Entre esos tipos no encontrarás más personas para meter en tu selecto grupo.

—No las busco, Toto. Ellos son envases bonitos con una «manguerita» útil para quitar penas, cargar energía y ver las estrellas, ya me entiendes —explico con ironía.

—Cómprate una «manguerita» de silicona y asunto arreglado. Dejarás de exponerte y utilizar a la gente. Además, renunciarás a ser utilizada —sentencia con el mismo tono antipático.

—Tengo manguerita de repuesto y otros menesteres interesantes, pero no es lo mismo y sé que lo entiendes. No comparto tu idea en cuanto a usar y ser usado.

Lo miro fijo, para que sepa que este es el límite que tolero en sus comentarios.

—Grrr —gruñe, y abre un botellín de cerveza para bajárselo en dos largos tragos.

Tuerce el gesto y me acaricia la mano. No quiere dar el brazo a torcer y yo, tampoco.

—Eres imposible, pero te quiero así, gruñón y todo. No me juzgues. Estoy bien y sé lo que hago. No le quites la guarida a esta gata —le ruego, mostrando las garras y maullando.

Por fin se ríe, chasqueando la lengua. Si tengo que dejar de venir por recibir una mala actitud de su parte, lo haré y lo sabe.

—Ve a la mesa, hazme el favor —me regaña en broma.

Doy dos pasos, me encuentro con Val y la abrazo a modo de saludo. Nos sentamos juntas y como no puedo con mi genio de chismosa, le cuento mi conversación con el hombre de la barra.

—Toto está enamorado —asegura mi amiga, después de escucharme—. O le gustas mu…

—No —la interrumpo.

Recuerdo que el *mocoso* me dijo lo mismo y me parece que voy a tener que estar más atenta a las señales. Confío a medias en mi criterio. Ya son dos personas las que me lo dicen y ambas son bastante sensatas.

Val mueve la cabeza hacia arriba y abajo, afirmando

con contundencia y pongo los ojos en blanco. No me gusta nada que esto sea como dice.

—Si es así, se desencantará pronto —certifico, y lo miro de reojo.

Nunca confié en la amistad entre el hombre y la mujer, mucho menos desde… mi adolescencia, digamos. Prefiero no tocar ciertos temas cuando tengo la cabeza ocupada en tantos otros que me ponen vulnerable.

Converso con mi amiga un rato sobre cómo vivimos con nuestras realidades actuales. Concluimos que están un poco convulsas y nos lo tomamos con humor, para no deprimirnos más de la cuenta.

Como soy una metiche sin remedio, con alma de madre superiora mandona, le pongo los puntos sobre algunas locuras que quiere cometer. Esos amores delirantes que se inventa pueden con mi paciencia. También me ponen nerviosa sus movimientos constantes de manos. Gesticula demasiado, mucho más que el promedio de la humanidad. Me acostumbré con los años, la verdad; no obstante, cuando estoy nerviosa, me dan ganas de atárselas. Porque trabaja con ellas, retengo mis instintos, que si no…

También hablamos sobre Conny. La relación entre ambas mejoró, aunque todavía no tuvieron la conversación que aseguraron deberse. A Dante no lo nombro para no angustiarla.

Cuando mira su reloj, se da cuenta de que se retrasó y

136

sale corriendo. Así es ella, intempestiva y divertida.

La veo cruzar la puerta a las disparadas y chocar contra un muchacho.

—¡No puede ser!

Se me borra la sonrisa de inmediato.

Capítulo 19: Enzo

Una chica rubia me lleva por delante y en lo que nos disculpamos mutuamente, veo a la pelirroja.

Desconozco la sensación que me invade y me aturde un poco, por eso mismo, la ignoro. A la sensación, a «ella», no puedo.

Me pregunto, otra vez, qué hago aquí, y la única respuesta sincera, más allá de querer verla, es que necesitaba distraerme.

El trabajo me tiene absorto y voy con la cuenta regresiva pisándome los talones para la entrega. Me implico mucho, me concentro demasiado y la presencia de Bella me limita. Sin ella no puedo hacerlo, ni lo pienso tampoco, pero por ella, también, es todo más demorado e intenso. No me quejo, amo lo que hago. Descubrí una nueva y maravillosa manera de engrandecerlo y gozarlo más si cabe.

Pensé en buscar «otra compañía», no obstante, me ganó el impulso de venir y comprobar que este era el restaurante al que Celine se refería en su mensaje.

No le erré.

—Pon todo en mi cuenta, por favor. Lo mío y lo de Val —le dice al hombre que la observa con ojitos de enamorado.

—¿Ya nos vamos? —le pregunto poniéndome a su lado.

Huele rico y mira bonito.

—Me voy. Tú haz lo que quieras. ¿Me estás siguiendo? —cuestiona, ya en la calle, enfrentándome.

—Me obligas a hacerlo. Además, me dijiste dónde estabas, lo tomé como una invitación. Sé leer entre líneas. Ya ves, apuesto, encantador e inteligente. Soy todo un partidazo.

Me mira a los ojos. Se muerde el labio, intentando no sonreír, y comienza a caminar simulando indiferencia.

—Buena chica —bromeo, acompañándola.

—Imbécil —balbucea, y se ríe por fin.

Soltamos la carcajada juntos y nos detenemos sin motivo aparente.

Tengo la sensación de que quiere explicar algo y no se atreve o no quiere hacerlo.

Yo sí. Yo me atrevo. Yo quiero.

—Vamos a otro lado —murmuro acercándome a ella.

Bajo mi mirada hacia sus labios y rozo los míos con la punta de la lengua.

Siento muchas ganas de besarla.

—No —susurra sin alejarse.

Percibo que no quiere negarse, todo lo contrario. Lo huelo en el aire, lo adivino en su aliento denso y la voz forzada.

Estamos demasiado cerca uno del otro. Estiro mi brazo y le rodeo la cintura.

—Lo estás deseando —señalo, apoyando apenas mi boca en la de ella.

Le acaricio la mejilla con los nudillos y después dibujo su oreja con el dedo. Cierra los ojos, suspira y mi *fiera* cobra vida.

—Tomemos una copa —ruego, no pretendo que se sienta obligada a aceptar lo que no quiere. Niega con la cabeza, sin abrir los ojos—. Vamos al hotel más cercano entonces. Si eso es lo único que quieres de mí, por el momento, acepto.

Le doy las dos opciones para desenmascararla. Para que se exprese y se sincere. No sé qué la frena, qué motivos son los que la alejan o intentan alejarla de mí, pero pienso ignorarlos y resistir con valentía. Mi trofeo lo vale.

Sí, claro, ella es mi trofeo y no me refiero a ella desnuda en una cama. Me refiero a compartir tiempo, conversaciones bizarras y divertidas, miradas cómplices…, para empezar, me alcanza.

—Es lo único que puedes ofrecerme. No me importa otra cosa —señala.

No le creo. No le creo nada. Su cuerpo vibra con mi cercanía tanto como el mío con la de ella.

—Mientes. Y te lo demostraré tarde o temprano —le aseguro.

Es una locura encontrar a una persona que, nada más conocerla, se te meta en la cabeza y ya no salga. Como si tu mente se convirtiese en un laberinto de ideas y pensamientos dedicados a ella que no encuentran la salida. Se multiplican y engrosan allí. Se retroalimentan, se potencian con las horas, la distancia y la ausencia. Y entonces la vuelves a ver y reconoces que no has exagerado en nada. Ensanchas el pecho reafirmándote, inspirando su aroma para no olvidarlo por la noche, mientras la recuerdas, y sonríes feliz de sentir lo que estás sintiendo.

«Quiero conocerte más, pelirroja», pienso. No me atrevo a decírselo.

Lo que me provoca es demasiado bonito, incómodo y diferente para dejarlo pasar. No me siento así desde hace más de cinco años.

—Me voy a mi casa. Paso de las tonterías y del ego mal gestionado que tienes —me avisa.

Antepone el sarcasmo como escudo.

Es válido. La entiendo a la perfección. Es su arma defensiva. La mía es el humor.

—Mi ego está más que pisoteado por tus sexis tacones y no me molesta. Lo aplastas, lo aniquilas, lo aprietas y no me importa. Me juego más que el ego contigo —susurro en su oído, como si fuese un galán de telenovela.

Entrecierra los ojos y tuerce el gesto. Se nota que le llegó lo que escuchó. Creo que la puse nerviosa.

«Gracias, mamá, por mirar esas cursilerías en la tele».

Sonrío y espero atento su acción defensiva ante mi poderoso ataque.

—Espera, que saco el violín para amenizar tu tontería.

Me río y la contagio.

Nunca me alejé ni renuncié a mirarla. Mi mano sigue acariciando su mejilla, oreja y cabello.

—¡Qué linda eres, Celine! Si fueses más dócil, me perderías, y así de pendenciera, me enamoras.

No la dejo reaccionar. La guio unos pasos hacia la pared y la acorralo allí.

Mis labios aprietan los de ella con la pasión que estaba conteniendo. Sus puños me retuercen la camiseta a la altura de mi cintura. Meto la lengua en su boca y la humedad de la de ella me produce un escalofrío. Jadeo ante el contacto y con mis manos en su cabeza, la alejo para hablarle.

—No me hagas rogar más, pelirroja. Me tienes babeando, suspirando, soñando, mendigando un ratito de tu tiempo y atención, ¿qué más quieres que haga?

Sonrío porque pone los ojos en blanco.

—Serías el hombre ideal para mi amiga Conny, es tan cursi como tú.

—No lo creo —le aseguro, mordiéndole el cuello.

La escucho gemir y mi cadera se pega a su vientre como si hubiese sido el aviso para que accionarla hacia allí.

—No la conoces —balbucea porque la estoy besando.

—No, pero te conozco a ti. Y tú eres la ideal para mí.

Se queda en silencio, mirándome con seriedad. Repasa mi rostro completo y niega con la cabeza. Parece contrariada.

—Sígueme —ordena, mordiéndome el labio inferior y tirando de él antes de dejarme solo, balanceándome por haber perdido el apoyo.

Capítulo 20: Celine

Lo quiero matar lentamente. ¿Lo hará a propósito? Me subo al coche con la furia recorriendo mi cuerpo. ¿O es la excitación?

«Las dos, Celine, son las dos cosas», me digo en silencio, golpeando el volante.

Ese chiquilín engreído conoce mis teclas. Me presiona, me pone entre la espada y la pared. Esta vez, fue literal.

¿Qué tengo que hacer para que desaparezca? No puedo ser más borde. No tengo más palabras para rechazarlo o ignorarlo.

«No te ve convincente. Se notará que no eres sincera con tu negativa», dice *alguien molesto* dentro de mi cabeza.

Se me escapa un gruñido que nace en el centro de mi pecho, y miro el espejo retrovisor para confirmar que me sigue.

—Claro que lo hace —murmuro, enfadada todavía.

¡Y por qué mierda estoy sonriendo!

Tengo trabajo que hacer. Mucho trabajo que hacer. No debería estar perdiendo este valioso tiempo.

Aprieto un par de botones en la pantalla de mi coche.

—Hola —saludo a mi secretaria cuando atiende la llamada—. Me retrasaré un par de horas. Envía los dos correos que dejé en borradores, por favor. Verifica que esté todo bien escrito y remarca la fecha de entrega. Que le quede claro que debemos tener todo para ese día. Sin excusas. Que sea un correo amigable, a ver si es una de esas mujeres que gustan de las adulaciones. Por favor, imprime los presupuestos confirmados y déjamelos en la mesa de trabajo.

—Perfecto —dice la mujer eficiente que me soporta a diario—. Nos vemos luego.

Agradezco y saludo de forma automática.

Reviso la presencia del chico detrás de mi coche y lo veo allí, siguiéndome, como siempre.

¿Por qué no me preocupa que lo haga?

Me detengo frente al hotel y para calmar los nervios, cuento hasta cinco, porque no me da tiempo a seguir. Ya lo tengo abriéndome la puerta.

—No me digas que te acobardas —me pincha con soberbia.

Lo odio.

Qué manera más bonita de odiar he encontrado.

«¡Qué de estupideces piensas cuando estás que ardes

146

por un tipo que mira lindo y provoca con técnicas de manual!», me reprendo.

Me ignoro.

—Jamás, *baby*. Estaba recordando que no traje tu papilla, ¿no importa? —pregunto, caminando hacia la entrada del hotel, sin esperarlo.

—Me las arreglaré comiendo otra cosa —responde a mi lado.

Sigo odiándolo.

—Pensé que me llevabas a tu casa —cuestiona sin inmutarse por la guarrada que acaba de largar por esa boquita mordisqueable que tiene.

—Vivo con alguien —le cuento.

Se detiene en seco y tira de mi codo para hacerme girar.

Eleva una ceja y frunce sus labios.

¡Se los voy a morder si sigue incitándome así!

—¡¿Qué?! ¿Te acobardas? —le pregunto con ironía.

—Si ese «alguien» es una pareja, sí —me asegura con seriedad.

«¡Qué bueno está! Me hace temblar las rodillas y me acelera el corazón».

Me comí un payaso. Definitivamente. No encuentro otra explicación para pensar tantas idioteces seguidas. Reclamaré a Toto. Los demandaré por negligencia culinaria.

—Es una amiga que está en problemas —murmuro, como disculpándome.

Madre mía, ¿qué me pasa?

Toma mi mano y entramos casi a las corridas. Pide la habitación y en un abrir y cerrar de ojos, estamos en el ascensor.

—Es corto el camino hasta la segunda planta. ¿Aguantas o me quieres meter mano ahora? —pregunta. con una sonrisa dibujada en los labios.

«Te quiero meter mano ahora».

—No estoy tan desesperada por tus huesitos en crecimiento.

—¿Sabes lo que tengo en crecimiento? —murmura sobre mi boca y me apoya su «crecimiento» en el ombligo.

—Las mujeres de bandera tenemos ese poder en los púberes, sí —le digo, mordiéndole el labio.

Por fin. ¡Qué ganas tenía!

Nos miramos sonriendo con insolencia. Los dos sabemos que estamos jugando fuerte.

¿El colchón será ignífugo?

Puedo ver las llamitas encendidas que me suben desde la planta de los pies mientras doy los pasos necesarios hasta la puerta de entrada a la *suite*, que nos brindará cobijo para desnudarnos y sudar como lo estamos deseando.

«¡¿Cobijo para desnudarnos y sudar?!».

Es el calor, la necesidad, las ganas... Espero que solo sea eso y no que de verdad esté enloqueciendo. O ablandándome, eso sí que sería un drama.

Se quita la camiseta nada más entrar.

Cierro de un portazo sin dejar de observarlo.

—¿Ya mojaste el calzoncillo? ¡Si todavía no te toqué!

—Más o menos —balbucea, tirándome a la cama y posicionándose sobre mi cuerpo—. Deja de provocarme si no quieres que me comporte como en la limusina.

—Quizá sea lo que estoy buscando —expongo entre jadeos.

No creo haber sido nunca tan sincera con él como en este momento. Ni conmigo.

Quiero que me haga olvidar del mundo que me rodea.

Quiero gemir mi duelo, mi frustración al ver a mi padre sufrir, el amor errado de mis amigas, la supuesta e inoportuna atracción de Toto, la insistencia de Enzo y la carga laboral abrumadora que tengo estos días.

Quiero dejar ir la vida que mi madre me negó con su ausencia en un orgasmo que me lleve bien lejos de mi mente.

Capítulo 21: Enzo

Siento la piel tibia de Celine en la yema de mi dedo. Recorro la línea de su columna con él, lento, suave, deleitándome con la sensación.

Ella tipea algo en el móvil, aun así, veo cómo se estremece y sé que lo disfruta. Sonrío para mí, con disimulo. No quiero que note que me encanta este tipo de momentos que me regala. Son pocos, significan casi nada de lo que realmente me gustaría compartir con ella, aun así, los vivo con las emociones a flor de piel.

Siento cosas, infinidad de cosas que no debería profundizar por mi propio bien. Esto es algo intempestivo, es arrasador, innecesario incluso y poco oportuno si me pongo a pensar en aspectos de mi día a día que no debo, ni voy a descuidar.

No sé si mi vida hoy se adapta a la compañía femenina con intenciones amorosas. Pasa que esto que me sucede, y no me atrevo a definir todavía, también parece inevitable.

No puedo dejarla escapar sin intentarlo.

No quiero prohibirme la oportunidad de rescatar de mi interior aquel sentimiento lejano que me daba felicidad. No sé si alguna vez tendré ese tipo de afecto para con ella, aunque soy consciente de que no me perdonaré quedarme con la duda de si es el amor que me esperaba a la vuelta de la esquina.

Malala siempre me dijo esa frase: «el amor te encontrará a la vuelta de la esquina cualquier día de estos».

¿Qué será esta sacudida calentita que me oprime el pecho? No tengo ni idea y quiero averiguarlo.

Llego al final de su espalda y dibujo un corazón sobre su maravilloso culo. Me ignora, disimula, se hace la que no pasa nada y no espero otra reacción. La coraza dura de la pelirroja me encanta y me dan ganas de insistir hasta el cansancio.

Tengo todas sus reacciones grabadas en mi memoria. Sus gemidos, sus besos y caricias, todas esas miradas intensas cargadas de pasión y deseo brillando en sus pupilas, su voz rasgada diciendo mi nombre y al ajuste perfecto de sus abrazos.

A esto me refiero con lo de «siento cosas». Esto es lo que me deja sin palabras, sin definiciones, aturdido por las emociones que me despierta. Si hasta poeta me vuelvo después de un polvo, observándola desnuda a mi lado y sin preocuparse por cubrirse.

Le beso el hombro y me recuesto boca arriba.

—¿Todo bien? —pregunto.

—Sí —responde sin dedicarme ni una sola mirada.

—Te aviso, por si quieres recrearte la vista, que voy a caminar desnudo hacia el baño —bromeo, así logro un poco de su atención.

—Quiero, claro que quiero —dice entusiasmada, dejando el móvil en la mesa de noche.

Sonrío y me quito la sábana que me tapa hasta la cintura.

—¿Camino hacia atrás o hacia adelante? —le pregunto sonriendo.

—Mitad y mitad —murmura, elevando las cejas varias veces.

Obedezco. Doy varios pasos hacia atrás, con los brazos algo separados del cuerpo, exponiéndome para ella, y advierto el repaso de su mirada, que me escanea de pies a cabeza.

—A tu vuelta, hacemos algo con eso —me avisa, señalando mi entrepierna—. Me gusta un poquito más firme.

Sonrío moviendo la cadera para que bambolee. Lo cierto es que la firmeza brilla por su ausencia y es que mis pensamientos andan por rumbos indebidos.

Esperar más de Celine es como imaginar que mi hija va a ser una niña toda la vida. Eso no sucederá y no me importa. Sé que puedo adaptarme si sigue mostrándome su intimidad a cuentagotas, como si fuesen piezas de un rompecabezas que me muero por armar.

Acepto la invitación a ser su payaso. Me estimula en tantos aspectos que no puedo mantenerme íntegro y acabo dejándome doblegar por ella; me arrodillo a sus pies si chasquea los dedos. Le encanta la sensación de tenerme así, lo veo en su actitud, y yo me estoy volviendo adicto al efecto que tienen sus negativas aparentes.

Nos tenemos comiendo de la palma de la mano, ambos.

Extiende el dedo índice y lo gira en el aire. Deduzco que quiere que me dé la vuelta y lo hago.

—Con la parte trasera no tengo quejas. Me gusta así como está.

Muevo el culo para hacerla reír. Escucho su carcajada antes de cerrar la puerta del baño.

Aquí estoy yo, desnudo frente al espejo. Apoyo las manos en el mármol y me miro a los ojos. Suspiro y niego con la cabeza.

—No deberías permitirlo —murmuro. Y no me refiero a nada de lo que Celine haga, sino a lo que yo acepto y dejo de aceptar de ella.

Debería haber aprendido de la experiencia. La madre de mi hija también prefería su libertad y todo lo que podía hacer con ella. Estoy seguro de que si le cuento a mi hermana todo lo que pasó desde el día uno con la pelirroja, me obligaría a dejar de verla.

«No debes mendigar su compañía», me diría. Si hasta puedo escucharla en mi mente.

Preparo la ducha a la temperatura adecuada y me doy un baño rápido. Por mucho que quiera quedarme, no lo haré.

Tengo mi propia táctica para contrarrestar su fingida indiferencia. Irme primero la dejará pensando en qué sucedió.

Ya con la toalla en la cintura y el pelo húmedo, abro la puerta.

Sigue allí tendida, desnuda, sin pudor. Perfecta. Divina.

—Estabas tardando —ronronea, y dobla las piernas en una clara señal de invitación.

—Tengo que irme. Me llamaron —miento, sin observarla.

Muero por hacerlo, la devoraría con la mirada y la boca, aun así, no lo haré.

Mi móvil descansa sobre la alfombra y es ella quien lo señala.

—Te llamaron —murmura contrariada, exponiendo mi farsa.

—Fue antes —explico, y comienzo a vestirme.

Ambos sabemos que acabo de inventarlo todo y ninguno está por la labor de pedir o dar explicaciones. Nos desafiamos con la mirada por un segundo, casi un parpadeo que tuvo como objetivo adivinar el pensamiento del otro.

—No pasa nada. Lo dejamos para otra oportunidad —agrega, disimulando su malestar.

Asiento y me pongo la camiseta una vez que tengo el pantalón abrochado. Recupero mis llaves, teléfono y cartera. Levanto la vista, sonrío y le guiño el ojo.

—Me voy de viaje por unos días —invento.

Tengo que terminar un trabajo y no puedo permitirme distracciones.

Además, quiero que sufra un poquito. Que me extrañe y me piense. Que tenga ganas de volver a verme. Que sea ella quien me llame o escriba.

Puede salirme el tiro por la culata, lo sé. Me arriesgaré.

No me pregunta nada, solo me mira torciendo la cabeza hacia un lado. Supongo que no cree tener derecho a indagar. Quizá no le interese hacerlo.

Lo dudo.

Se muere por saber.

Me acerco a darle un beso, no en la boca, sino en la mejilla, y me voy.

Cuando cierro la puerta, quiero volver y besarla por todos lados, decirle que me gusta, que deje de poner trabas y reconozca que le atraigo mucho más de lo que dice. Que nos veamos más. Que conversemos y nos contemos quiénes somos y qué esperamos de la vida. Qué nos asusta, qué deseamos, qué nos frustra…

Inspiro profundo, cuadro los hombros y doy el primer paso para alejarme de mi pelirroja preferida, tan bonita como caprichosa.

—Soy una persona paciente, demasiado paciente y perseverante, nena. No te vas a escapar —sentencio, encerrado en el elevador.

Capítulo 22 - Celine

Estoy anonadada. No entiendo nada. Él es quien insiste, me busca y una vez que me tiene rendida a sus p…

—No acabes esa frase, inconsciente —me digo en voz alta.

Parece que solo buscaba un poquito de acción y nada más. Bien por él. Sabe conseguirlo.

La imaginación del resto es solo mía.

No puedo responsabilizarlo por mis tonterías.

La culpa es de mi madre, que me enseñó a la fuerza lo que no debo hacer. Ante el peligro que mi yo estúpido inventa, le doy vueltas a las mil maneras de salvarme, una y otra vez, para evitar dar ese paso en falso al que le huyo desde hace años.

Hombres como este cachorro humano con cara de no haber roto un plato son el veneno para las mujeres que solo quieren un rato de compañía, un vibrador de carne y hueso con extremidades, el intercambio de fluidos propio de la especie, sumar una tilde al contador o una muesca en el cabecero de la cama...

—De aquí me voy directa al psiquiatra —murmuro de camino al baño, porque no puedo creer la de idioteces que estoy pensando.

Tampoco doy crédito a la manera en que estoy analizando lo sucedido: desde una perspectiva tan tóxica como impropia de mi persona.

Me ducho entre respiraciones bufadas y palabrotas silenciadas.

¿Quieres entender qué me pasa? Pues, ya somos dos.

Estoy acostumbrada a esto de ser un descarte y descartar después de usar. Lo disfruto y me entretiene. No hay más.

No debería haber más.

—Es más fácil desestimarlo que analizarlo. Deja de marearte —me reprendo.

Enzo es un desconocido más de la bendita aplicación. Esta tecnología, o lo que sea, merece el premio Nobel a la mejor creación de la historia.

—¿Entonces...?

Me miro al espejo mientras me seco el cabello y, por toda respuesta, elevo los hombros.

El niño me ilusionó con su cariño justo en un momento vulnerable de mi vida.

—Pero ¿¡qué dices, mujer!? ¡De qué cariño hablas si lo que hemos compartido fueron un par de polvos! Tres, para ser exactos.

Ese es el problema, repetimos, y no debimos hacerlo.

Me pasé mis reglas por el forro del tanga y así estoy.

Me visto tarareando una canción y bajo por la escalera para no permitirle a mi cuerpo y mente la posibilidad de tomarse un respiro.

Dispuesta a cambiar el tema de mis pensamientos, le envío un mensaje a mis amigas para organizar una cena en mi casa.

Llego a la oficina con las pilas recargadas y la adrenalina a tope. Parece como si me hubiese dado un chute de energía.

Mi padre está trajinando en el salón con la empresa de iluminación que contratamos siempre. Todas las paredes están marcadas con las obras que se ubicarán en cada espacio delimitado.

—Tu padre se hizo algo. Fue a la peluquería —me dice la mujer que trabaja a su lado y lo conoce desde que cursaron juntos en la universidad de bellas artes.

—Mary era omnipresente. En buena hora que murió —susurro y cierro los ojos al escucharme.

La liberación de mi padre es hasta física y me encanta notarlo. El problema es que me hace sentir horrible escucharme decir este tipo de cosas en contra de mi… de ella. La punzada de arrepentimiento me hace ahogar un gemido.

La socia de mi padre me mira y frunce el gesto, apoyándome con una sonrisa empática.

—No pasa nada. Los duelos son tan propios como el

ADN, Celine. Vívelo a tu manera —comenta, y me besa la frente antes de alejarse a la voz de «mueve ese farol unos diez centímetros hacia la derecha».

Me conoce desde que era un bebé y conoce nuestra historia, ha estado a nuestro lado siempre. Imagino que mi padre le ha contado mucho más sobre su pesar a ella que a mí, inclusive. Fue esta mujer quien me enseñó todo sobre la menstruación y me habló de los métodos anticonceptivos. Ella nos explicó, a mi padre y a mí, la diferencia que hay entre una olla y una sartén. Aprendí a acompañar el dolor de mi progenitor porque ella me contó que me necesitaba. Le hablé sobre mi primera vez y hasta le pedí que me acompañara a comprar mi primer maquillaje. Ella fue más madre que nadie para mí.

La miro sonriendo y me acerco a su espalda. La abrazo desde atrás, sorprendiéndola.

Nadie espera algo así de mi parte. No soy de este tipo de demostraciones.

—Disfrútalo, porque no se repetirá. Te quiero —digo bajito, y huyo para no recibir el cariño que no sé devolver.

Giro mi cabeza para mirarla y sus ojos brillan.

—¡Cobarde! —me grita—. ¡También me pasan ese tipo de cosas incómodas! ¡Contigo más que con nadie!

Sonrío negando con la cabeza. Es gritona y siempre discute por todo. Era obvio que no dejaría pasar la situación sin ponerme en evidencia.

Capítulo 23: Enzo

Sonrío al ver el mensaje. No me llegó hoy, sino hace dos o tres días. Celine me desea buen viaje. No me escribió en la aplicación, sino que hizo uso de mi número.

Solo le agradecí y la dejé a la espera de cualquier conversación.

—Mira, papi. ¡Me encanta! —chilla Bella, histérica, girando y girando fuera del vestidor del negocio en el que estamos.

—Eres la niña más bonita del mundo y con ese vestido, uf... —le digo, cargándola en mis brazos para darle muchos besos.

—¡Lo arrugas! Bájame, bájame.

La dejo en el suelo y comienza a girar otra vez. Parece un ángel con su nuevo vestido rosado. Porque se lo voy a comprar. Sí, otro más.

Este es especial. Tenemos un evento e iremos combinados. Mi corbata es del mismo color.

—Quiero que me hagas un peinado lindo —exige.

—Ya sabes que no soy muy bueno en eso —le explico, acariciándole el flequillo tupido que le cubre la frente por completo.

—Buscamos en YouTube —sentencia, y me deja con la boca abierta. Madre mía, esta niña nació sabiendo mucho más que yo de la vida.

Se mete en el probador y cierra la puerta.

—¿Necesitas ayuda? —le pregunto.

Sé que sí. No podrá quitarse la prenda solita, pero le encanta jugar a ser mayor.

—Si quieres… —dice.

Demonio de niña. Me tiene donde quiere.

La ayudo a desvestirse y volver a ponerse su ropa de calle.

—Átate los cordones. Ya sabes hacerlo. Yo voy a pagar allí. —Le indico con la mano dónde me encontrará y ella afirma concentrada en su tarea.

Me suena el móvil y atiendo mientras espero la factura y la bolsa.

—Ya salimos. Estamos en la segunda planta —digo nada más atender.

Malala viene a almorzar con nosotros. Creo que se nos unen nuestros padres para dar un paseo después.

Es fin de semana y quiero festejar haber acabado. Mi niña se merece el cielo por la paciencia que ha tenido y la garra que le ha puesto. No le ganó el cansancio y siempre tuvo la sonrisa dibujada a pesar de las horas. Lo lleva en la sangre.

Vaya, creo que estoy babeando, henchido de orgullo.

—¿Lista? —le pregunto.

Niega con la cabeza. Tiene la lengua apretada entre los dientes y su gesto es de pura concentración.

—Este no me sale —murmura frustrada.

—A ver, intenta otra vez —le pido, y lo hace.

—No. Ese lazo se mete aquí —le explico, sin hacerlo yo. Ella misma lo intenta.

—Claro. ¡Con razón! —exclama feliz—. Me parecía que era así.

Cómo no. Si no la gana, la empata.

Me toma la mano para salir del local de ropa y camina conversando de mil temas a la vez.

A lo lejos, veo a mi hermana haciéndonos señas.

—Ufa, vinieron los primos —refunfuña Bella y le aprieto un poco los deditos como reprimenda.

—Bella. No está bien que actúes así.

Asiente y pone los ojos en blanco, pero no discute. Sabe que no debe.

Una vez que estamos cerca de ellos, sale corriendo para saludarlos. Se abrazan con cariño y discuten al mismo tiempo. Como siempre. Es un amor-odio bastante visible y poco comprensible para el resto. A ellos les sirve.

Malala me abraza y después me toma la cara con ambas manos para mirarme bien.

—Tienes ojeras y no me gusta cómo te queda la barba —dictamina.

—Estoy agotado de tanto trasnochar y no tenía ganas de afeitarme, *mami* —ironizo.

—Hablando de mami... Están esperándonos en el restaurante —me avisa y abraza mi cintura, apoyando su cabeza en mi hombro.

Le paso el brazo por el hombro y así caminamos, siguiendo a los tres primos que avanzan a empujones y quejas.

—¿Estás contento con el resultado? —me pregunta Malala, refiriéndose a mi trabajo.

—Feliz. Superó mis expectativas.

—¿Ya sabes lo que harás a partir de hoy? —indaga, y niego con la cabeza.

No tengo proyectos propios planeados todavía. Algún que otro encargo y entregas, nada más.

—Primero quiero disfrutar de unos días libres, averiguar sobre colegios para el año que viene y llevar a Bella a todos los lugares que no pude por estar ocupado. Quiere hacer *ballet* —le cuento.

—Lo imaginé. Se le da bien. Siempre baila en puntillas y gira con los bracitos en alto al ritmo de la música —menciona sonriendo con cariño.

Levanto la mirada para vigilar y recordar lo preciosa que es mi niña y lo embobado que me tiene. Entonces veo una cabellera que me recuerda a la pelirroja. Está a unos cuantos metros.

Cuatro mujeres elegantes caminan parloteando, alejándose de nosotros. Juraría que una es ella: Celine.

Toco el móvil con la intención de escribirle y desestimo la idea de inmediato.

También necesito distancia del estrés que me produce adivinar sus movimientos. Sé que me dejaría llevar por las ganas que tengo de verla y quedaría enredado en sus diálogos picantes y provocadores.

Mi hija requiere más de mí de lo que estuve ofreciéndole. Hace mucho que no paso tiempo de calidad con ella y esta semana será lo único que haga.

Veo a mis padres sentados, esperándonos dentro del restaurante de la segunda planta del centro comercial en el que estamos, y a mi niña correr hacia ellos.

«Ya será tu turno, Celine».

«No me olvido de ti, pelirroja».

Capítulo 24: Celine

Cierro los ojos y cuento en silencio hasta tres antes de volver a abrirlos.

Es ÉL. Con una mujer. Abrazados. Acompañados por tres niños. ¡Tres!

El destino es caprichoso, nunca deja hilos sueltos. Y las mentiras tienen patas cortas. Ya que estoy mencionando dichos de la abuela y para acabar: cuando duermes con niños, amaneces meado.

Intento disimular mi malestar observando el vestido de un escaparate.

La sangre bulle con furia en mis venas y está por llegar adonde sea que llega para hacerme explotar.

Intento aclarar mis pensamientos, porque no puedo creer que me desestabilice la «perfecta imagen familiar» de esta manera. Soy una mujer moderna y siempre supe que en las aplicaciones de citas, nadie es quien dice ser. O eso quise pensar, para no analizar a ningún hombre de los que allí conocía.

¿Por qué Enzo tiene que romper siempre mis esquemas? Aparece, desaparece, presiona, encanta con su palabrería y sus miraditas... Y parece que también miente y se inventa viajes.

Todo lo hace tan bien que caí. Me confundió. Movió mi eje.

En algo no me engañó: es fácil. No demanda mucho para tenderse en una cama y desnudarse. No le cuesta nada eso de hablar bonito, acariciar y dibujar corazones en un culo sudado que él mismo golpeó con la cadera hasta saciarse.

Esta última frase es la típica de alguien resentido, lo sé. Es que...

—¡Necesito ese pantalón! —exclama Val, llamando mi atención.

—Te lo vas a comprar y lo vas a devolver mañana, ya todas lo sabemos —gruño.

Con ella es siempre lo mismo. Todo lo hace rápido y luego se arrepiente.

—¿Por qué le hablas así? —cuestiona Alana y me mira mal.

Hago silencio un instante y rezongo callada antes de disculparme.

—Lo siento. No estoy de humor —aclaro sonriendo y abrazando a la rubia—. Mi enfado debería ser contigo,

Conny. Esa despedida «fallida» tuya complicó mi vida. Solo quiero que lo sepas.

Sí, Conny aceptó la invitación y nos dignó con su presencia, por suerte.

—No le hagas caso. El *mocoso* la tiene nerviosilla —murmura Alana, que, como vive conmigo, parece estar más al tanto de lo que me pasa y, por supuesto, no lo reconoceré.

—Deja de hablar tonterías. Lo digo porque, desde esa noche, estoy más sensible —miento.

Ninguna me cree. No las culpo.

Como me conocen, saben que no deben intentar sonsacarme nada, porque es peor.

Conny se sienta en un espacio de descanso y palmea el asiento a su lado.

No me gusta esta actitud de madre contenedora que tiene a veces.

Me convence la muy…

—Lo necesitas —asegura. Negando con la cabeza, me siento a su izquierda—. Habla de una vez. No te hagas la dura.

Alana y Val se acomodan en otras sillas que hay y me miran expectantes. Parece que llegó la hora de reconocer las bobadas que me aquejan.

Mejor, así las olvido y paso de página. Suele pasar que mencionas tus problemas en voz alta y ¡puf!, se esfuman.

¿No?

Por eso…

—Sigo rencorosa con mi madre muerta, mi padre parece que se convirtió en un donjuan, la exposición me tiene agotada y…

—Lo que nos ocultas, Celine. Lo que tienes atragantado —ruega Alana, palmeando para apurarme y no permitirme pensar.

—Me gusta. Y acabo de descubrir que es casado y tiene tres críos. Listo, ya podemos seguir comprando. —Me pongo de pie, pero Conny tira de mi mano para volver a sentarme a su lado.

—Quiero más datos —dice la rubia.

—Val… —la amonesto.

Me mira con las cejas elevadas, en un claro gesto de «no voy a desistir». Las otras dos arpías están de acuerdo con ella.

—Lo conocí la noche… tu noche truncada, Conny. No, no les dije nada. No necesitaba que se pusieran a confabular —les aclaro ante las miradas de asombro—. No hay nada para que se pongan a dibujar corazoncitos y esas boberías. Solo había comenzado a pensar que podía disfrutar de más encuentros esporádicos a pesar de todo lo que nos separa.

—De las tonterías que te inventas, di mejor —insinúa Alana.

—No puedo dejar de analizarlo. Acabaría dejándolo —declaro con seguridad.

—O no.

—O sí —insisto—. Lo llevo en la sangre. El amor no es para mí. No creo en él. Ni en la fidelidad. Mira si no, tenía razón. No me dijo que era casado.

—Cada vez dices más estupideces, Celine —murmura Val.

—Mira quién lo dice. Como si lo tuyo con el amor y los hombres no estuviese condicionado por tonterías —digo.

Me mira mal y me disculpo en silencio, pero nadie niega lo que digo.

—No todos los amores merecen ser vividos —recita Val, bajando la mirada, vencida ante sus límites mentales.

La entiendo.

—Tampoco debes luchar todas las batallas —murmura Conny, perdida en sus pensamientos.

Desconocemos por dónde anda su mente, mantiene un secretismo absoluto desde la cancelación de su boda. Le estamos dando tiempo para que acomode sus sentimientos. Mientras, los míos se enredan en telarañas peligrosas.

—Hay batallas en las que debes ceder y darlas por perdidas, aunque creas tener la razón. A veces, es preferible tener paz y no la razón —agrega Alana.

En esto estoy de acuerdo. Sé que tengo la razón y no puedo demostrarlo, solo lo hará el tiempo. Prefiero vivir en paz siendo como Tarzán.

Se acabó esta monogamia estúpida que estaba

practicando sin darme cuenta. Puede que haya sido por comodidad y agotamiento laboral, pero era una especie de lealtad o fidelidad o lo que sea. Lo cierto es que se me había adormilado el cerebro.

«No pasa nada. Lo hubiese dejado yo tarde o temprano. Que sea temprano», pienso y golpeo las palmas para activar al grupo.

Siempre prometí que no repetiría la historia de Mary. No haré infeliz la vida de ningún hombre, no sentenciaré la existencia de un ser que me ame por el egoísmo de sentirme querida. No cambiaré esta premisa de vida. No soy ese tipo de mujer que ama y se deja amar. ¿A quién quiero engañar?

—Vamos a comprar ese pantalón, Val —digo poniéndome de pie con la firme intención de que nadie me lo impida esta vez.

Que el *baby* fuese casado me salva de la pantomima emocional y ficticia en la que el ser humano se sumerge sin salvavidas, como si fuesen aguas calmas, y resulta que es un mar revoltoso de lo más tramposo. Uno en el que, si no estás atento, pierdes la cordura y hasta la dignidad, además del aire para respirar.

¡Gracias, mocoso, por haberme abierto los ojos antes de no reconocerme!

Capítulo 25: Enzo

¡Qué ansiedad tengo! Hace años que no hago esto y no recordaba lo emocionante que era.

Cuando trabajas duro, es importante que te reconozcan el esfuerzo. No hablo de dinero, hablo de otra cosa.

—Bella, quédate quieta —pido y me mira desde su imagen en el espejo.

—Es que me tiras —me explica, haciendo pucheros.

—Me pides que haga imposibles y te quejas. ¡No soy peluquero! —declaro con impaciencia.

Tuerce el gesto y ruego en silencio porque desista del peinado.

—Intentaré quedarme quieta —promete, pero no se arrepiente. Es obstinada, qué le voy a hacer.

Vuelvo a intentarlo. No es más que una media cola envuelta en un lazo blanco, pero se me patina, engancho cabellos donde no debo y me queda torcida. A ver si ahora sale.

Quince minutos más tarde, Bella me da el visto bueno y un abrazo en agradecimiento.

Sonrío y le imploro que no se mueva del sofá donde la dejo sentada, ya lista, mientras me voy a cambiar.

—¿Puedo tomar…? —pregunta.

—No —sentencio, interrumpiéndola, y me saca la lengua.

También tiene carácter fuerte.

Me pongo el traje negro que compré para la ocasión y me peino como puedo con las manos. Mis nervios no colaboran con nada más.

Para llegar seguros, prefiero tomar un taxi.

Vuelvo a mirar el móvil.

La frustración me hace cometer la tontería de tipear nuevamente una invitación.

No sé si se hace la dura o me está ignorando. Como no la tengo enfrente, ni escribió nada, no puedo adivinar.

Hace dos semanas que no sé nada de Celine. La primera fue mi decisión, lo admito. Cuando creí que era suficiente el espacio y tiempo que nos di para no sentir que la estaba atosigando o mostrando demasiado interés, le escribí. Le pregunté si quería verme. Bromeé con la idea de que, seguramente, ella me extrañaba y yo no quería ser el responsable de ello.

Obtuve la simple y esperada respuesta: «Ni te extraño,

ni quiero verte».

A ese mensaje le siguió una pregunta: «Entonces, ¿ya estás de vuelta?».

Casi había olvidado la mentirijilla que le dije y estuve a punto de meter la pata. Escribí que sí, que ya estaba en la ciudad.

Ahí quedó todo. No hubo bromas, mofas, frases punzantes referidas a mi edad, nada.

Ella sabe que soy insistente y espera que lo sea, a juzgar por sus reacciones anteriores. Me convencí de esto último y le envié una fecha y hora para vernos, asegurándole que le pasaría la dirección si aceptaba.

Le dije que vernos ese día sería importante para mí, que se vistiese para dejarme sin habla y ser la más imponente de las mujeres. Agregué que tuviese en cuenta que no estaríamos solos hasta pasadas unas cuantas horas, que debería ponerse ropa interior y no pensar en mi desnudez nada más verme. Por supuesto que era una broma más de las que suelo hacerle.

No obtuve ningún tipo de reacción.

Me inclino a pensar que algo no le gustó, que, de alguna manera, la molesté. Me encuentro en la disyuntiva de escribirle de nuevo o dejarlo pasar hasta que todo esto acabe.

La verdad es que quiero verla allí. Quiero sentirme importante frente a ella, quiero que me diga alguna tontería como «estás creciendo, chiquillo», o algo similar que me haga sonreír. Tengo ganas de seducirla con miradas y roces indebidos. Me gustaría que sepa más de mí. No pretendo que conozca a Bella, aunque sí que la vea y descubra ese detalle que puede definir nuestra relación, que no es una, pero que aspiro a encaminar lo que sea que venimos haciendo hacia ese lado.

Puede ser que esté inventándome un mundo ideal, creando una fantasía tonta o viendo visiones. Lo cierto es que estuve pensando estos días y me gusta mucho la pelirroja. Hacía tiempo que no me despertaba pensando en ver a una mujer.

Extrañaba la sensación y es tan linda, tan turbadora, tan indomable que hasta me asusta.

—¿Ya estamos listos? —pregunta Bella.

Se la nota impaciente.

Ella también quiere ver el resultado de lo que le prometí día tras día, cada vez que nos pusimos «a trabajar». Ella lo vivió como un compromiso y no le negué o modifiqué la responsabilidad que se tomó al aceptar hacerlo. Desde que tuve la idea, a partir de una solicitud de su parte, supe que lo haría bien. Mi niña lo lleva en la sangre y el padre se derrite de orgullo.

—Papi, deja de mirarme. Ya sé que estoy linda. ¿Nos vamos?

—¡Madre mía, hija! ¿Quién te alimenta así el ego? —murmuro entre risas contenidas.

La respuesta lleva mi nombre.

Muevo los dedos a velocidad, escribiendo un ultimátum, y le tiendo la mano a Bella.

No puedo llegar tarde.

Capítulo 26: Celine

Vuelvo a girar y caminar hacia el lado contrario. Repito la retahíla de malas palabras que dije antes y me detengo frente al espejo.

El reflejo de una mujer angustiada, aterrada, preocupada…, y apurada, me mira con los ojos encendidos por todas las emociones que antes mencioné.

—Lo piensas mejor mañana, o la semana que viene. O cuando tengas tiempo y ganas —murmura Val, a mi lado.

Ella lleva un vestido negro y el maquillaje perfecto.

Así de deslumbrante debería estar yo ahora mismo.

—Ve a confirmarlo —le ruego, señalando la mesa de noche—. Seguro que vimos mal.

Obedece y desde allí, niega con la cabeza.

—No vimos mal —asegura con tranquilidad.

La que me falta a mí, por cierto.

—¿Cómo sucedió? Es científicamente imposible.

Me mira con los ojos abiertos, como si mi pregunta fuese estúpida y no lo es. No le encuentro la explicación a esto que me sucede y me complicará la vida más de lo que puedo percibir hoy.

—No lo es. Todos los métodos anticonceptivos tienen un porcentaje de fallo. El tuyo, también —sentencia con una actitud *zen* que me perturba ahora mismo.

Me dejo caer en la cama.

—Levántate que te despeinas —exige y tira de mi mano.

—Estoy embarazada, Val —murmuro lo más bajito que puedo para que ni yo misma me escuche.

Mi amiga asiente con la cabeza y cara de circunstancia.

Mi móvil suena, anunciando la llegada de un mensaje y lo tomo para confirmar que no sea de mi padre, que ya está en la galería.

—¡Que me dejes en paz! —grito, y lanzo el teléfono después de leer:

«No te insistiré más. Imagino que ya pasó. Es una pena. Me gustas de verdad. Ya sabes cómo contactarme».

—¿Es de él? —quiere saber mi amiga, y afirmo en silencio.

—No estuve con nadie más desde lo de Conny —agrego.

—Debes cambiarte. No puedes llegar tarde. No dejes que esto opaque todo el esfuerzo de las últimas semanas. Trabajaron mucho para montar esta exhibición. Estarás embarazada mañana, pasado mañana, el mes que viene y…

—Gracias por tus palabras de aliento —bromeo cuando se detiene elevando los hombros con resignación.

Tiene razón. Mi padre me necesita y es mi trabajo. No puedo dejarme vencer por este inconveniente que no es urgente. Puedo analizar cómo resolver el resto de mi vida después. Nótese la ironía.

Nací para trabajar, para ser hija y amiga, para no comprometerme con sentimientos que entorpecen las acciones…, nací para ser muchas cosas; lo que es seguro es que no lo hice para ser madre y esposa de nadie.

Claro que lo de esposa, en este caso, queda descartado. Lo de ser madre es otra cosa.

¿¡Quién mierda maneja mi destino!? Quien quiera que sea es un desastre o un terrible hijo de puta, porque me expone a todo lo que sabe que no puedo gobernar.

—Te dejo sola para que te cambies —señala Val.

Le agradezco que lo haga. Si fuese por mí, me encerraría en esta habitación por varios días, hasta tener las ideas más claras por lo menos.

Enzo se portó mal conmigo. No fue sincero y me endulzó el oído. Eso no está bien para un hombre casado, aun así, no quiero complicarle la vida con esto. Yo sí soy buena gente.

Al pensar en la palabra «esto», me miro la barriga y llevo las manos hacia allí.

¿Qué tan buena madre puedo ser si no tuve un buen ejemplo? ¿Acaso necesito uno para copiar el molde? ¿Puedo ser tan desastrosa como la que me parió y me abandonó?

—No, no puedo... abandonarte —balbuceo, y me sorprendo por mis palabras.

Me asusta mi propia voz. Me estremece no reconocer este pensamiento como mío. O, por el contrario, entenderlo como algo primitivo que salió de mí por instinto.

Capítulo 27: Enzo

Estoy de mal humor. No puedo dominarlo. Me enfada más no poder hacerlo hoy, justo hoy, que necesito estar en total control.

—Tienes cara de malo, papi —me dice Bella.

—Yo no tengo cara de malo —comento y le acaricio la mejilla.

Baja y sube la cabeza con energía, para dejar claro que sigue pensándolo. Le guiño el ojo en respuesta.

—Son los nervios. ¿Acaso tú no estás nerviosa? —invento.

—No. Todo nos quedó perfecto —asegura.

Tengo que hacer las cuentas otra vez para confirmar que mi pequeña tiene solo cuatro años y no más. Hago una mueca divertida para hacerle creer que me ayudó su comentario. Lo hizo con esa intención, lo sé.

Lo que me pasa es otra cosa, tiene que ver con Celine y

sus silencios, no con lo que Bella supone. Tiene que ver con el delirio que me inventé, con las ganas que acumulé, con la idiotez de creer que la pelirroja se hacía la dura para disimular y que yo le gustaba.

Lo que más me altera es que no soy de hacerme este tipo de ilusiones.

Las pocas veces que me escapé un fin de semana libre, para compartir un rato con una chica, fue simple; algo vacío sí, aunque natural y fácil. Sin pretensiones. Sin consecuencias.

Siempre pensé que me volvería a enamorar cuando tuviese la necesidad de hacerlo. Suena feo… a ver, lo que quiero decir es que, imaginaba que uno debía estar permeable al amor para enamorarse.

No, no estoy enamorado de Celine. No es eso.

Lo que siento es un hormigueo, una inquietud, un «podría ser» que se me escapa de las manos. Es una sensación parecida a querer mantener entre los dedos un hielo que se derrite y patina, escurriéndose cada vez más, hasta que desaparece.

Supuse muchas cosas. Di por hecho que esto tenía una base para investigar sentimientos, sensaciones, despertar emociones de todo tipo y probarnos. Podía salir mal o bien, no sé. No pensé más allá de conocernos sin escondernos ni jugar al gato y el ratón.

Me adelanté. Me entusiasmé.

Estaba vulnerable por todo lo que experimentaba con

Bella y sus preguntas, sus manitas sucias, su concentración, la sonrisa al ver los acabados con sus propios ojitos, los gritos histéricos al equivocarse y los otros de felicidad al confirmar que podía hacerlo.

Hoy, un pedacito de nuestras vidas se convierte en historia. Yo soy consciente y ella lo será un día. ¡Cómo no sentirme abrumado por lo que hicimos!

—Ya llegamos —le aviso, al darme cuenta de que estamos a pocas cuadras.

Malala, que ya está en la entrada, abre la puerta del coche desde fuera. Se la nota exaltada.

—Qué niña tan preciosa tengo por sobrina —dice, y Bella sonríe nerviosa.

Me mira y se pega a mí. Tengo que ayudarle a salir del vehículo. Parece que la muchedumbre la altera un poco y convierte en realidad de golpe todo lo que le mencioné que ocurriría.

—¿Los primos? —pregunta, abrazando mi pierna.

—No vinieron. Pero te esperan en casa después. Si quieres, puedes quedarte a dormir —murmura mi hermana, acuclillada a su altura.

Luego, se pone frente a mí y me acaricia la mejilla.

—Sonríe. Estás tenso. Llegó el día y no sabes el orgullo que siento —me halaga.

—Gracias.

Yo también me quedo sin palabras ante las luces y la gente.

Mis padres me ven y se acercan a abrazarme. Mi madre llorisquea y Bella le pide a mi padre que la levante en brazos.

—Estoy nervioso —aclaro, y mi cuñado me da una palmada en la espalda.

—Ya está el trabajo hecho, no hay vuelta atrás.

—Eso es lo que me pone en este estado —le explico sonriendo—. Vamos.

Doy los pasos necesarios hasta la entrada.

Lo que veo me encanta. Se me pone la piel de gallina y me pican los ojos.

—¿Te gusta? —le pregunto a mi niña.

Afirma en silencio, obnubilada, descubriendo cada detalle como lo estoy haciendo yo.

Esto supera mis expectativas.

—Uf, ¡qué fuerte! —susurro.

Me quedé corto con lo que imaginé que sentiría.

Capítulo 28: Celine

Llego más tarde que de costumbre. La galería está divina. Todavía no están los invitados. No veo a la artista tampoco.

Mi padre da unas indicaciones de última hora.

—Elegancia en estado puro —digo en su oído, desde atrás.

El hombre tiene el porte que deberían tener todos los especímenes masculinos del mundo.

—Hija, por fin. Tú también estás hermosa. ¿Viste a Belyen?

Niego, buscando a la mujer con la vista, y no adivino cuál de todas las que ya se encuentran recorriendo el lugar puede ser ella.

—Allí está su agente —dice la amiga de mi padre y camina hacia el grupo.

—Yo voy a la oficina a dejar el bolso y a tomar la lista

de invitados. Todo está perfecto —comento, y beso la mejilla cubierta de barba blanca del artista que más admiro, mi padre.

Val ya se encontró con unos conocidos y la perdí de vista. Sabe que no puedo estar muy atenta a ella. Soy la anfitriona, después de todo.

Paso también por el aseo, porque estoy un poco mareada. Este motivo y cierto malestar estomacal matutino me llevaron a hacerme el *test* de embarazo. Fue una idea que cruzó por mi mente como una ráfaga y cedí ante el impulso. ¡Vaya sorpresa que me di!

Prefiero no pensar en eso esta noche.

Al volver al salón, veo un tumulto de gente frente a la obra más grande y llamativa. Supongo que la artista hizo su aparición.

Me acerco a la entrada, al pequeño atril que pusimos allí, y dibujo mi sonrisa más amplia. La gente comienza a entrar de a dos o cuatro, hasta en grupos llega. Esta exposición será un éxito, merecido, además.

Desde aquí, admiro el arte que adorna las paredes y me emociona como la primera vez.

El cuadro que dibuja huellas en la arena (dos, para ser detallista), que se alejan a la par y se cruzan cada tanto es precioso. La huella más pequeña, la del niño, desaparece por momentos y soy capaz de imaginar a esa madre con el pequeño en brazos. La sombra que apenas se nota me anima a crear esa imagen tierna.

Más allá, sobre una pared amarilla, varios cuadros pintados con formas de manos de distintos tamaños y colores forman corazones. La hábil artista supo darle relieve y ha creado algo único y precioso.

La obra más impresionante, la que llama la atención por su tamaño y creatividad, es tridimensional. Una mano adulta toma otra infantil y chorrean pintura. Es literal, la pintura escapa del lienzo a gotas y acaba en el suelo con una marca en forma de salpicadura. No sé cómo lo ha logrado. Es perfecta.

—¿Sabes dónde está el baño? —me pregunta una niña con el flequillo más tupido que vi nunca. Su carita es preciosa. Parece una muñequita de porcelana.

—¿Estás solita? —le pregunto, mirando para todos lados.

Niega con la cabeza y toma mi mano.

—¿Me acompañas? Trabajas acá, ¿cierto?

Asiento, descolocada por completo. No diviso a nadie de confianza para que la ayude.

Con cierta reticencia, aprieto el agarre y la guío. Camino lento para darle la oportunidad a su familia de que la vea. No sucede. Llego a mi oficina sin que nadie la reclame.

—¿Puedes sola? —le pregunto.

—Sí, gracias. Dejo la puerta un poquito abierta por si necesito pedirte algo —me avisa, perdiéndose de vista detrás de la madera blanca—. Tienes rico olor —dice, en voz alta.

—Ah, sí, debe ser el perfume —le explico.

El móvil me suena para avisarme de una videollamada. Es Alana, que ya no está viviendo conmigo, se fue hace más de dos semanas. Seguramente, quiere que le muestre un poco de la obra que estamos exhibiendo.

La ignoro. No quiero tardar más de lo necesario. Veo a la pequeña asomarse.

—¿Me ayudas a lavarme las manos?

—Claro. Sí —Me acerco a ella—. ¿Qué hago?

—No llego —me explica, señalando el lavabo.

—Claro. Te levanto un poquito, ¿cierto?

Asiente y la ayudo.

Se lava las manos, le doy una toalla de papel y acaba por fin.

Otra vez suena mi teléfono.

—¿No vas a atender? —indaga.

¿Es una enana o una niña?

Niego y estiro la mano para que la tome. Ya quiero irme de aquí.

—Deben estar buscándote —comento, y camina a mi lado sin chistar.

Otra vez suena mi móvil. Alana está insistente.

—¿Te molesta si atiendo? —le pregunto.

Ya me siento más tranquila, porque estamos en el salón y a la vista de todos. Quien la busque, la encontrará conmigo.

Me acomodo en una silla y le acerco otra a ella. Sonríe

emocionada y mira la pantalla de mi teléfono como si la comunicación fuese para ella. Me resulta graciosa.

—¿Sorprendemos a mi amiga? —le pregunto. Sonríe afirmando.

¡Con qué poco se hace feliz a un niño!

Atiendo poniendo el móvil frente a la mocosa sonriente.

—¡Ay, Celine, que estás encogiendo! —exclama Alana con exageración.

—Yo soy Celine —le explico en voz baja a la chiquilina. Ríe con ganas y se tapa la boca.

—No soy Celine —dice entre risas.

—¿No? —cuestiona mi amiga, siguiendo con la broma.

La niña niega con la cabeza, enérgicamente para no dejar dudas.

—Me llamo Bella —se presenta con esa vocecita tan dulce que tiene.

—Encantada de conocerte. Yo me llamo Alana.

—¿También tienes perfume? Ella huele rico —le explica, señalándome.

—Ahora mismo, no. Pero uso, sí. ¿Y tú?

—También. Mi papá siempre me pone uno que me regalaron para mi cumpleaños.

—¡Bella, por Dios Santo! ¡¿Dónde estabas?! —exclama una mujer con la cara de terror más impresionante que vi jamás.

—Te llamo luego —le informo a Alana.

Me pongo en pie y me presento.

—Soy Celine, ella se acercó y… —comencé a explicar.

—¿Qué haces aquí? —pregunta la voz de un hombre y dirijo mi mirada hacia el sonido.

No puedo creerlo.

Es Enzo.

¿Está siguiéndome?

¿Cómo supo dónde estaba?

—¿Qué haces TÚ aquí? —inquiero, molesta por su presencia.

Capítulo 29: Enzo

Miro a mi hija. Su carita me dice que está asustada. La bronca fluye por mis venas, pero voy a contenerme porque parte de ese susto es nuestra reacción.

—Bella, ven aquí. ¿Por qué te alejaste? —le pregunto a modo de reprimenda y la abrazo, poniéndome a su altura para darle un beso y acariciar sus mejillas.

Espero poder transmitirle calma y no hacer de este encuentro, tan bizarro y sin explicación todavía para mí, algo traumático.

—Quería ir al baño —me responde y no se detiene, porque nunca lo hace—. Y después llamó Al... Ali... ¿Quién llamó?

—Alana —responde en voz baja Celine, porque hacia ella estaba dirigida la pregunta.

Con la mirada, la pelirroja me lanza cuchillas.

¡Como si tuviese derecho a hacerlo!

—Ven, Bella —dice mi hermana.

Celine lleva la mirada a la mano que me aprieta el hombro.

Espero que se alejen, para no hacer una escena delante de nadie. Esto es algo personal y estoy en un ámbito laboral. No me voy a exponer.

Los dos nos miramos a los ojos y casi ni respiramos.

—Explícate —exijo en voz baja, acercándome un poco.

Una cosa es que me ignore por mensajes, mantener un contacto de tira y afloje divertido y otra, que me siga y quiera acercarse a mi hija sin mi permiso.

Esto no lo voy a tolerar.

La mujer, con quien estaba conversando hace un momento, se acerca sonriente, junto al dueño de la galería. A ambos me los acaban de presentar. Son quienes organizaron esta maravillosa exposición, junto con mi agente. Se detienen a mi lado.

—Hija —comienza a decir el hombre.

Tuerzo el gesto, trago saliva y frunzo el ceño.

Miro a Celine y luego al señor de barba blanca y larga. Mi mente, rápidamente, conecta la imagen de él con la que vi en el aeropuerto hace varios meses ya.

¿Hija?

—Él es el artista detrás del nombre Belyen. Nos ha engañado. No era un nombre de mujer, como creíamos —le explica sonriente.

Esto mismo estuvimos hablando, hasta que Malala me

dijo que no encontraba a Bella.

Celine me observa con extrañeza. La misma que la mía. Extiende su mano a modo de saludo y presentación.

¡Hipócrita!

¡Cobarde!

No veo el motivo de que engañe a su padre. ¡Si ya me conoce hasta los lunares!

—Nos conocemos —explico, y le aprieto los dedos más de lo necesario, para demostrarle que no mentiré porque ella así lo quiera.

Se pone pálida de repente y advierto cómo se le va apagando la mirada. Sus ojos comienzan a moverse sin control y su cuerpo se afloja.

Algo no anda bien.

—¿Qué te pasa? —le pregunto, acercándome y tomándola de la cintura.

—¡Celine! —exclama la mujer a mi lado, y acerca una silla.

La dejo caer en ella con cuidado, casi desvanecida.

—Celine —murmuro en su oído—. Pelirroja, no es para tanto.

Pestañea varias veces, volviendo en sí. Sonrío, sintiendo alivio de verla reaccionar. Ella no lo hace.

—Vamos a la oficina —ordena su padre—. Por favor, no abandones a tus invitados, Enzo. En breve, anunciaremos tu presentación oficial.

Asiento, asustado.

¡Mierda!

La veo caminar despacio, abrazada al hombre, y en mi interior solo pienso en saber qué sucede.

No puede ser tan buen actriz.

Voy a darle el beneficio de la duda.

Hablaré con Bella para ponerme al corriente de qué fue lo que pasó.

Me acerco con pasos largos y decididos. Tiene los ojitos brillosos, como si hubiese llorisqueado. Malala la debe haber regañado y no lleva muy bien que la contradigan.

Ya sé que es algo que debo arreglar, estoy en ello. Ser padre soltero, según las estadísticas, es criar niñas caprichosas. Acabo de inventar esto, pero me darías una buena mano dejándomelo pasar como un hecho estudiado por expertos. Así no me siento mal padre o, al menos, uno menos inútil.

—Papi, la tía me regañó —denuncia la caprichosa, digo, mi hija.

—Tiene razón, Bella. No puedes desaparecer sin aviso, y no debes, jamás, irte con ningún desconocido.

—No lo es. Le pregunté si trabajaba aquí y me dijo que sí. Se llama Celine y su amiga… me olvidé, pero ya somos amigas. Usan perfume, como yo.

—Bella, escúchame. Haz silencio. No debes irte con desconocidos. Punto —ordeno, y hace pucheros—. No llores.

Mi niña preciosa hipa y se refriega los ojitos para intentar hacerme caso.

—Eso es. Dame un abrazo y sigamos desfrutando de la exposición. Ya hablaremos sobre esto en casa.

La abrazo para hacerle saber que no estoy enojado y nada más ponerme de pie, escucho el sonido de un micrófono encendiéndose.

—Buenas noches. Hoy estamos aquí para presentar a este joven artista cuyo…

El padre de la pelirroja es quien habla. Todo el mundo hace silencio y recibo miradas, que se alternan entre él y yo. Ahora mismo, estoy bajo un haz de luz.

—…arte conmueve por diferentes motivos, el primero, trabaja con su hija de cuatro años.

Bella sonríe y abraza mi pierna. Se me hincha el pecho de orgullo al ver el rostro de aceptación de todos.

—Belyen, nombre compuesto por las primeras sílabas de Bella y Enzo, son las manos creativas de esta maravilla que representa el amor fraternal y la fuerza poderosa de los momentos simples de la vida…

Veo a Celine pululando por la galería, ya repuesta, aunque pálida. Su presencia me atrapa, me distrae.

Está preciosa a pesar de verse descompuesta.

Escucho la voz gruesa de su padre refiriéndose a mis comienzos y al nacimiento de esta idea, que fue tomando forma gracias a la pasión por el arte que mi pequeña heredó de mi madre y de mí, supongo. Aquella tarde de lluvia, Bella estaba aburrida y quejona, por eso, la invité al taller. Le encantó la idea de «trabajar con papá» en su lugar privado, aquel al que no se le permitía entrar sin permiso.

Celine se detiene frente a mi obra más significativa. La única que no está a la venta. La admira abrazándose, conmovida. Puedo notarlo. En ella, las figuras de Bella y mía, caminando de la mano, están confeccionadas a partir de materiales reciclados. Todo lo que fuimos encontrando por la casa: pelo de la muñeca preferida de mi hija, ramitas del árbol de navidad y el primer diente de leche que perdió están ahí. Es nuestra historia contada con retazos de objetos que nos acompañaron hasta aquí y crearon nuestro vínculo. Sellamos todo con resina líquida, creando un efecto de tridimensión brillante inesperadamente hermoso.

«Nada es insignificante, todo es importante». Así titulé la obra.

Tomo el móvil para escribirle un mensaje a la pelirroja y el sonido estruendoso de los aplausos me estremece.

Es mi turno de hablar.

Capítulo 30: Celine

Estoy fascinada con este cuadro. Todo lo que transmite es amor. Ahora que conozco su historia, logro interpretarla más y mejor.

No puedo evitar relacionar la novedad de mi estado con estos cuadros y no solo porque el artista sea el padre de mi hijo.

¿Seré capaz de crear algo parecido? Hacer especial momentos cotidianos siempre fue la especialidad de mi padre. No sé si podré imitarlo.

Continúo caminando por la galería, observando las obras y disfrutando de la música de fondo. La atmósfera es cálida y acogedora, y la conversación fluye entre los asistentes.

—Hey —dice Val a mi lado y abraza mis hombros—. Me contaron que te desmayaste. ¿Cómo estás?

—Bien. ¿Sabes quién es Belyen? —le pregunto.

—Acabo de escuchar que es ese muchacho y su hija. Qué bonita historia hay detrás de esta obra.

—Es el *mocoso* —le aclaro, y la dejo boqueando como un pez—. Esa mujer que lo acompaña, a la que lleva del brazo, es su esposa. Faltan dos hijos varones que no están aquí. Es una familia preciosa, ¿cierto?

Val frunce el entrecejo y después de repasarlos con la mirada, dice:

—Ella es mayor que él —anuncia, estudiándolo mientras ríe y habla con pasión sobre su trabajo. Uno que me encanta, por cierto.

Elevo los hombros restándole importancia.

—Le gustan así. Supo, porque se lo dije, que ese fue uno de los motivos por los que permití que me endulzara el oído y le gustó la idea de perseguirme y... —silencio mi perorata cargada de frustración y agrego—: Vendió casi todo. Hasta en eso le va bien. La vida le sonríe.

—No eres la dramática del grupo, Celine. Cambia el ritmo.

—Tienes razón —digo, enderezando la espalda y sonriendo con ironía—. ¿Este vestido me marca el culo?

—Toda tu ropa te marca el culo, nena —asegura.

—Va a sudar —sentencio, mientras comienzo a dar pasos lentos y sensuales acercándome. No tanto, porque no quiero cruzar la mirada con él, quiero mantenerme indiferente.

Converso con artistas y clientes de la galería.

Respondo inquietudes y acepto ofertas. Soy la anfitriona perfecta.

Sé que me observa. No se aproxima, aun así, no me pierde de vista.

Val sale a mi rescate si lo ve avanzar hacia mí. No quiero hablar con él. No tengo nada que decirle. Tampoco que escuchar.

—Hola —dice la niña.

Está acompañada por un matrimonio mayor.

—Hola, Bella. ¡Felicitaciones por tan fantástica obra! —exclamo a su altura.

—Gracias. Casi todo el trabajo la hizo mi papá —me explica.

—No te restes mérito.

—¿Cuál era el mérito? —le pregunta a la mujer que la acompaña.

—No es un material, cariño. Habla de otra cosa. Cree que tu parte es tan o más importante que la de tu padre —le explica. Yo sonrío al verla escuchar con atención.

Hablando de su padre, lo veo dirigirse hacia aquí y me disculpo para seguir mi recorrido inventado y sin rumbo definido.

Tomo el móvil y bloqueo su número. Sé que si quiero contactarme con él más adelante, puedo buscar su número en la base de datos de la galería solo poniendo Belyen.

Tengo muchas cosas en las que pensar.

Debo reorganizar mi vida.

Entro a la aplicación de citas y borro mi perfil. No pretendo dejar el vicio, tampoco exponerme a él hasta que no me sienta segura de poder hacerlo.

Val pasa por mi lado, acompañada de un muchacho simpático, al que no me presenta.

—Val —digo—. No le digas a nadie lo de mi... ya sabes. Necesito pensarlo bien.

—Claro. No diré nada. Me voy a... es él —murmura con un guiño de ojo.

—¡¿El gay?! —exclamo bajito, y ella sonríe abiertamente.

Es demasiado guapo y simpático para el bien de mi amiga, y tan imposible como le gustan.

¿¡Qué haremos con esta chica!?

Capítulo 31: Enzo

Pasaron dos semanas ya. ¿Cuánto más debo esperar?

A esta altura, ya sé que me bloqueó y también entiendo que borró su perfil de la aplicación donde nos pusimos en contacto aquella noche, que parece tan lejana ya.

Sé dónde encontrarla, aunque quise darle tiempo.

Yo también lo necesité.

Malala ya está al tanto de todo. No pude mantener la boca cerrada. Dice que le gusta «a primera impresión». No obstante, le da «cosita», esa es la palabra que utilizó, que nos conociésemos en «ese tipo de citas», otra vez, fueron sus palabras. La convencí contándole que ya es algo normal, que todos lo hacen.

Para entenderla, hay que poner todo en contexto: además de llevarme tantos años, está con mi cuñado desde que se puso la primera minifalda.

En fin… que no lo entiende.

No tengo tiempo que perder, el reloj me apura.

Organicé unas vacaciones en la costa con Bella y mis padres. Ellos tienen una pequeña casita cerca de la playa y nos invitaron. Acepté encantado y hasta tengo planeadas un par de excursiones con mi pequeña. Otros días estarán íntegramente dedicados a la creatividad. Mi mente va disparando ideas como loca y quiero plasmarlas en papel, hacer bocetos… organizarme. Eso quiero. Bella no es la compañía ideal para esos momentos, la verdad. Mis padres la mantendrán entretenida y el mar.

Antes de irme por las próximas dos semanas, tengo que dejar las cosas en limpio con Celine.

Hoy veo más claro que todo fue un malentendido. Bella me lo contó todo con lujo de detalles, por supuesto.

Actué como un rufián al verla con mi hija. ¡Estaba tan asustado! Nadie me culparía por haber reaccionado así. Pero tengo que explicárselo.

Quise hablar con ella en la exhibición y no pudimos volver a coincidir. Estábamos trabajando ambos. No me pareció indicado presionarla. Acabó el evento con el rostro demacrado. No se la veía bien. Me puse como excusa su casi desmayo también. Fui capaz de convencerme de dejar pasar los días, supuse que estaría enferma.

Puede ser que, un poco, me pueda el orgullo de saber que no pretendía verme más. Si juzgo por su silencio anterior al evento… y el posterior, por supuesto. No quiere saber nada más conmigo. Lo capto.

Al cabo de ese prudencial tiempo que me impuse, le envié algunos mensajes. Fue cuando me di cuenta de que me había bloqueado.

No lo entiendo.

¿Qué pasó?

Sigo mirando las fotos de aquella noche, la de la exposición, buscándola en cada una, y, al encontrarla, me detengo a observar cada detalle. Busco sentimientos, reacciones, emociones que despiertan en mí… y las encuentro. Son raras, me estremecen, me hacen sonreír, y no me toman por sorpresa estas incontenibles ganas de verla.

Celine me produce infinidad de cosas. Con lo poco que compartimos, me preocupa que sea demasiado. Quiero restarle importancia al tiempo y dársela a lo sustancial: a la posibilidad que se nos presenta. Para esto, debo confirmar que tengo una. Si ella me ignora, no la tengo. Si no averiguo los motivos, tampoco. Si no doy el primer paso para explicarme o dejar que lo haga: menos.

No deberíamos derrochar esta posibilidad que nos regala la vida o la casualidad, o vaya a saber quién.

No soy de quedarme a esperar a que las cosas sucedan, voy a por ellas.

—Bella, nos vamos a casa de la abuela —le aviso.

Sale disparada a buscar su mochila y ponerse los zapatos.

—Ya estoy lista —me informa a los cinco minutos.

Llego a la galería una hora después. Dudo de si entrar o no durante diez minutos. Desde el coche vigilo el acceso. No la he visto dentro, lo que no significa que no esté. Cada vez que vine, que no fueron muchas, ella no estaba. Seguramente, trabaja en las oficinas.

Bajo del automóvil y camino lento hacia la puerta. Veo a la mujer mayor, que sonríe al advertir mi presencia.

—Belyen, ¡qué placer verte! —exclama, tendiéndome la mano.

—Me llamo Enzo —aclaro.

—Cierto, cierto. ¿Te puedo ayudar en algo? —pregunta con simpatía.

—Busco a Celine.

La mujer me mira intrigada. Deduzco que la pelirroja no le contó nada sobre mí. No me detengo a pensar en eso, no tengo tiempo ni ganas.

—No está. Se fue temprano y ya no regresará hasta el lunes —comenta.

Asiento y me despido. No me parece oportuno pedir su número de teléfono, mucho menos, su dirección. Me siento atado de pies y manos.

Maldigo en silencio mientras conduzco rumbo a la casa de mis padres. Mañana nos vamos y volveremos en quince días. Es mucho tiempo sin dar señales. No sé qué hacer.

Me suena el móvil y atiendo sin mirar la pantalla, con el manos libres del coche.

—Enzo, lo llamo de la galería de arte —se anuncia una voz femenina joven—. Entiendo que estuvo por aquí buscando a Celine. Como no está viniendo en horarios completos, el dueño me solicitó que le pasara los números de teléfono donde podría localizarla, le daré el del móvil y el de la casa. Está trabajando por la tarde allí. Puede llamarla en horas laborables a partir del lunes.

Subo el volumen para no perderme nada. Freno y pongo el intermitente para girar hacia el costado y detenerme.

Alguien me quiere en algún lado. Esta ayuda sí que me viene de arriba.

—Claro, claro. Déjame detener el coche para tomar nota —le explico, maniobrando sobre seguro.

Enumera cada cifra con lentitud. No le cuento que en el número del móvil estoy vetado, por supuesto, por eso, simulo que lo apunto también. Tomo nota clara del otro, lo pongo a resguardo en el bolsillo y nos despedimos.

—No voy a esperar al lunes para llamar, porque esto no se trata de trabajo. Esto es personal —me digo en voz alta.

Marco cada cifra con concentración para no errarle a ninguna.

La llamada entra al contestador.

Sopeso la idea de no dejar mensaje, pero me arrepiento.

—Pelirroja, soy Enzo. Nos debemos una explicación. Por lo de mi hija... me asusté al perderla de vista, me disculpo por el trato que tuve para contigo. Puedo explicarme mejor en persona si me lo permites. Ahora sería tu turno de decirme algo para entenderte. ¿Por qué me evitas? Sabes que soy de insistir. Desbloquéame o voy a llenar esta casilla de mensajes hasta que me atiendas —la amenazo en broma, en ese tono que para nosotros «era» normal—. Sé que me extrañas, pelirroja. Yo te extraño. No me dejas dormir por las noches. Desbloquéame, ¿sí? Hablemos.

Mi boca dibuja una sonrisa tonta. Ahora sí me puedo tomar estas vacaciones en la playa, tranquilo. La llamaré cada día. No desistiré hasta que dé la cara y me mande a la mierda o acepte verme.

Con ella, todo puede suceder.

Necesito conocer los motivos que tuvo para alejarse de esa manera tan brusca y arbitraria.

No teníamos una relación, lo sé, pero la última vez que estuvimos juntos compartimos una cama y disfrutamos cada minuto.

Tiene que darme la posibilidad de saber por qué y explicarme. Si es que fue algo que dije o hice, debo tener mi derecho a réplica.

Capítulo 32: Celine

Vuelvo a casa con las piernas temblando. Me exigí demasiado en la clase de pilates. Me parece una interesante descarga de frustración, miedo, angustia… No sabría decir con certeza qué es lo que descargo o si es todo a la vez. No recuerdo haber estado así de complicada mental y emocionalmente en toda mi vida.

Mi padre no pregunta, solo me estudia y adivina que algo me pasa. No me atrevo a contarle nada, porque todavía no decido mis próximos pasos y me condicionaría su consejo o cualquier palabra que salga de su boca. Me pasa igual con Conny y Alana.

Val es mi única compañera en estos momentos y le tengo prohibido emitir opinión al respecto, por ahora.

No lo parezco, pero puedo ser muy vulnerable cuando dudo de mis acciones o ideas.

Después de mi casi desmayo, la noche de la exposición,

fui al médico. No dijo nada que no supiera. Estoy embarazada, es un hecho. El padre de la criatura es un hombre casado, que tiene otros tres hijos y... una esposa cariñosa y compañera. Pude apreciar este detalle con mis propios ojos.

Estoy bien de salud, el embarazo no parece correr riesgos asociados al implante, por suerte, y el desvanecimiento parece haber sido la mezcla de cansancio, calor, nervios y la presencia de una familia que no creí que existiese. Eso me dijo el doctor. Lo de la familia es un aporte mío.

Pedí cita para consultar sobré qué hacer con el DIU vencido, el responsable de que los *cabezones con cola* conocieran a mi *huevo* deseoso de fertilizarse. La culpable de no verificar fechas he sido yo.

Me tomé un par de días laborables para descansar y pensar al respecto. Pudo haber sido cualquier desconocido quien me preñara. ¡Cómo pude haber sido tan inconsciente! No me es fácil asumir que podría haberlo evitado si hubiese sido más responsable. Estoy decepcionada de mí por eso, y por otras cosas. Por ejemplo, por dejar que Enzo me abrazara por largos segundos en el relajante postsexo que siempre compartimos. Puede ser que un alocado espermatozoide rápido y atrevido escapara de su cautiverio y fecundase mi óvulo histérico y penetrable.

Las dos posibilidades, juntas o por separado, pueden

ser las responsables del estado de embarazo inesperado que atravieso.

También estoy desilusionada. La gente es quien no deja de hacerme sentir así. Me enfurece no aprender a mantener alta la guardia para que mi piel se mantenga impermeable a sentimientos que pueden ser bonitos al comienzo y terroríficos después.

Es una exageración, todavía no hay sentimientos, aunque sí emociones lindas, de esas que escalan si se les da la posibilidad de crecer y enredarlo todo. Así, si las dejas, se meten en tu vida y la complican, la distorsionan, la exponen, la sensibilizan... No sé si me gustaría vivir con esa inseguridad emocional.

El amor es un lío.

No quiero repetir la historia de las personas que se dejan engatusar y por eso me mantengo lejos de todo lo que pueda parecerse a una relación.

Resbalé con él, con el artista infiel. Ahora sé que lo es. El *chiquillo* este es un impertinente que no sabe de negativas y «mi guardia» se distrajo un momento. Nada más. Me tocará sacarme las papas del fuego sola. Inventaré la manera de hacerlo sin complicarle la vida a nadie. Es mi problema y aprenderé a lidiar con él. Esa mujer, la esposa, no merece ver caer el castillo de naipes tan bonito que construyó sobre cimientos tan cobardes como la mentira y el engaño de un experto.

¡Quién lo diría, con la carita de bueno que carga!

Después de darme una refrescante ducha y prepararme un café enorme y amargo, me dispongo a trabajar.

Arreglé con mi padre ir a la oficina por la mañana y quedarme en mi apartamento por la tarde, por algunas semanas, para recobrar las energías que me faltan por el agotamiento laboral, según la mentira piadosa que le dije.

Abro los correos electrónicos pendientes de respuesta y me pongo a ello. Qué placer es poder hacerlo en camiseta, descalza, sin maquillaje y con la música a todo volumen.

Sigo ignorando el mensaje recibido en mi contestador. Nadie de la galería me llamaría a ese número y no puedo distraerme si quiero cumplir con la promesa de acabar el presupuesto para el escultor Milo Terrazzo. No es la primera vez que trabajamos juntos y sé lo que le gusta.

Tres horas más tarde, escucho por fin la voz firme y segura del niño bonito.

¡No puedo creerlo! Sabe que lo vi todo. Tuve a su hija de la mano. Hablé con su mujer.

¡Qué hipócrita es!

¿Piensa que por ir sin mochilas en la vida paso de todo? Ser libre y buscar sexo por placer no significa que no entienda que hay parejas que se prometen fidelidad. No tengo idea de si es su caso o no, pero no voy a meterme en ese pantano. Mucho menos ahora.

—Te extraño, dice —rezongo en voz alta y burlona—.

Tú tampoco me dejas dormir, infeliz, pero por otro motivo.

En un intento de impedirle meterse en mi mente y acabar con mi buen humor, llamo a Conny. A ver si logro comunicarme de verdad con mi amiga. Nos mantiene fuera de su vida y me preocupa.

—¿Quieres venir a cenar? —le pregunto después de saludarnos.

Siempre utilizo la videollamada con ellas, así las veo y las estudio. En este caso, también. Su aspecto me cuenta que no para de darle vueltas a sus pensamientos y aún se siente culpable.

—No estoy saliendo mucho de casa, Celine. Gracias por invitarme, pero...

—Sabes que me preocupo por ti —le digo.

—Sí, lo sé y te lo agradezco. Preciso entender un montón de cosas que me están pasando. Debo aprender a no sentirme culpable de todo —me explica.

Me doy palmaditas en la espalda por haberlo adivinado solo con verla.

—Bueno, bueno, bueno. No sabes lo feliz que me hace escucharte decirlo en voz alta.

Conny es culposa por naturaleza o por imposición, no lo tengo muy claro. Por este motivo, solo ella sabe por todo lo que pasó para tomar la decisión de separarse del que se suponía era el amor de su vida. Y con quien formaba la pareja perfecta, según todas las personas que la rodeamos. No puedo imaginar lo que ha sufrido y el valor que tuvo que adquirir hasta pronunciar estas palabras.

—¿Y no puedes hacerlo con el apoyo de tus amigas? Sabes que sumamos y ayudamos —insisto.

—Sé que tengo ese apoyo y sentirlo me reconforta. Que no les hable de todo lo que mi mente analiza no significa lo contrario. Cambia de tema... Cuéntame alguna de tus aventuras.

—El *mocoso* me extraña, ¿puedes creer? Me dejó un mensaje en el teléfono de casa.

—¿Cómo lo obtuvo? ¡Es un caradura! —exclama con el rostro asombrado.

—La recepcionista de la galería, con la autorización de mi padre, se lo dio. Fue a verme a la oficina y no me encontró. Supongo que mi *adorado y chismoso progenitor* creyó que me buscaba por el pago de las obras o algo de trabajo.

—¿Qué sientes por él? —me pregunta, sin venir a cuento.

—Nada, no siento nada —escupo sin meditarlo ni una fracción de segundo.

—Esa rápida respuesta dice más de lo que crees. Es una pena que haya sido un mentiroso quien rompiese tu caparazón, amiga.

La escucho sin poder creer que sea ella quien me dice algo por el estilo. Todo lo que ha hecho Enzo ha estado mal para alguien con las ideas de Conny. Ella no hubiese ni volteado a verlo una segunda vez. ¡Qué digo segunda vez! Él no hubiese tenido la oportunidad de hablar con ella ni una sola vez. Con la mirada repasando mi cuerpo de pies a cabeza con la que se presentó, Conny hubiese salido corriendo mientras lo insultaba con todo su repertorio, por atrevido y desubicado.

—¿Estás defendiendo a un mentiroso? —inquiero con un poco de carga negativa en la voz.

La veo parpadear confundida y niega con la cabeza.

—No lo defiendo. No puedes volver a verlo más que para mandarlo *de paseo*. Lo que quiero decir es que, justamente él, un tipo sin escrúpulos, logró que entendieras que no eres inmune a la atracción emocional. No hablo de la física —inspira y me calla con un gesto—. Me da pena que no puedas tomar esa oportunidad para explorarla y conocer de primera mano lo que se siente, si te lo permitieras.

Ladeo la cabeza hacia un lado y entrecierro los ojos.

¡A esta mujer le pasa algo! ¿La terapia la está cambiando o es mi impresión?

—No me interesa explorar esas cosas y lo sabes.

—No. Lo que sé es que te aterra convertirte en tu madre y eso no pasará. Tu corazón es noble, como lo serán tus sentimientos si te atrevieses a liberarlos. Ese muchacho te ilusionó y me sentí bien por ti.

Chasqueo la lengua, manteniendo a raya el enojo.

—La ilusión es un trastorno de la percepción, Conny. Busca su definición en el diccionario. Yo no me dejo ilusionar.

217

—¿Entonces qué fue? —cuestiona, desafiante—. ¿Por qué repetiste con él? ¿Por qué te afectó?

—Por calentura. Porque nos llevamos bien en la cama. Conectamos —explico algo perturbada por el rumbo que ha tomado la conversación.

—Me quedo con la última palabra, mi linda pelirroja. Ojalá «conectes» con alguien más y puedas conocer a esa persona que logre sacarte del agujero de engaños en el que vives. Un hombre te merece, Celine. Dale la oportunidad de conocerte como te conozco y haga lo imposible por enamorarte.

—¿De qué engaños hablas? ¿Agujero? ¡¿Estás bien de la cabeza?! —exploto.

No quiero seguir escuchándola.

No me gusta nada lo que me dice. No estoy en mi mejor momento como para tolerar que me psicoanalice.

Si ella necesita hacerlo, bien por ella. Yo no lo preciso.

—No te enojes conmigo —murmura al ver cómo se transforma mi cara.

—Sí, me enojo contigo. Llamé para ver cómo estabas y ¿me dices todo esto? Hablamos otro día, Conny. Tengo que irme.

Corto la videollamada y cierro el computador con fuerza.

Me pongo de pie para ir a ningún lado, giro y me vuelvo a sentar. Estoy echando humo por todos los agujeros de mi cuerpo.

¡¿Qué hombre merece que lo deje cuando me canse de tenerlo en mi casa todos los días, roncando en mi cama, paseándose por la sala en pantuflas, masticando a mi lado en la cena, hablándome de amor cuando estoy cabreada, besándome mientras cocino, observándome como si fuese la cosa más hermosa que vio en su vida?!

¿Quién merecería llorar de tristeza porque lo abandone por alguien más joven y guapo? La tentación puede ser hijo de la vecina, aparecer un día y ser simpático, convertirse en un amigo y coquetear hasta convencerme de que merezco algo más.

¿A quién le interesaría conocer todos mis fantasmas?

A nadie.

La sombra de Mary escabulléndose por las noches para retozar con el muchacho de al lado. Su voz explicándome todo lo negativo de convivir con mi padre. El sollozo de él, noche tras noche, esforzándose por ocultar cuánto le dolía el abandono. Porque, después de todo, era mi madre, y no quería hablar mal de ella.

Me seco la lágrima con el dorso de la mano y cierro los ojos con fuerza. Niego con la cabeza intentando contener el grito que se me retuerce en la garganta. Pero es inútil.

Me tapo la boca con un almohadón, sofocando el sonido, porque no quiero que los vecinos me toquen el timbre, preocupados por mi cordura.

El llanto me sacude el cuerpo, la congoja me dobla en dos. Abrazo mis piernas flexionadas y me hago un ovillo, permitiéndome sentir, por una vez, todo el dolor y el rencor que he cargado sobre mis hombros desde que era una adolescente. Desde el día en que me prometí no enamorarme. No permitir que nadie se enamorara de mí.

Hay conductas que se heredan, y yo me niego a repetir la historia. No quiero que nadie sufra por mis acciones como mi padre sufrió por las de Mary. Si hay una mínima posibilidad de no convertirme en ella, la tomaré. Me prometí ser mejor, y hasta hoy lo he logrado. Seguiré por este camino.

El móvil vibra, anunciando un mensaje de Conny. Lo leo sin ganas, solo para distraerme, para ahuyentar la tormenta en mi cabeza.

«Perdóname, Celine. No quise lastimarte, solo hacerte ver que no eres tu madre, por mucho que intentes creerlo».

Capítulo 33: Enzo

Volví ayer. Bella llorisqueó tanto, porque se quería quedar, que convenció a los abuelos para permanecer unos días más los tres. Yo tengo entregas y trabajos pendientes. Hago cuadros por encargo y estos aumentan después de una exposición exitosa.

No me puedo quejar. Vivo de hacer arte, algo que creí imposible, y cada vez me va mejor. Mi compromiso y dedicación dieron sus frutos.

Durante mis vacaciones creativas, digamos, cumplí la promesa de llenarle de mensajes el contestador automático a Celine.

El motivo no fue otro que estar presente en su memoria. Así como ella lo estuvo en la mía cada día.

Parece mentira cómo uno puede convertirse en alguien tan irracional y caprichoso, alimentando aquello inexistente hasta convertirlo en una necesidad. El poder de convencernos de algo, que encaja a la perfección con nuestros delirios mentales, es alarmante.

Recibí una llamada de la galería. No fue la pelirroja quien la hizo, no. Hay un cheque que debo recoger y el cuadro que no estaba a la venta será descolgado. Quieren que esté presente para verificar el estado en el que será embalado para su devolución. Son cosas del seguro.

Para mi mala suerte, tengo que ir por la tarde. No espero verla, dada la información que tengo de que solo trabaja por la mañana, aunque muero por ello.

No sé si lo hice bien, pero creo que los problemas se arreglan dando la cara, no por mensajes. Por eso, solo me dediqué a decir tonterías de las que la hacen sonreír a escondidas. Exageré mi arrogancia y seguridad para imaginarla poniendo los ojos en blanco. Me expuse como un hombre necesitado de contacto físico, argumentando que hacía mucho que no estaba con una mujer y que no me apetecía estar con alguien más. En esto último no mentí.

Hoy, estando solo en mi casa, con una cerveza fría en la mano, envuelto por el silencio y pensativo, necesito respuestas.

Siento que estoy confundiéndolo todo, que dramatizo mis emociones y que engañarme no me llevará por buen camino. Ya me pasó. No debería tropezar otra vez con esa piedra.

Mi ex, la madre de Bella, era una mujer hermosa. Supongo que sigue siéndolo, no lo sé. Para mí era la más linda de todas. Todo iba bien, hasta que la vida se complicó un poco. Un día cualquiera, perdió el trabajo y conseguir otro se le puso difícil. Yo estaba comenzando y apenas me alcanzaba para mantenerme y comprar materiales. De todas formas, como por entonces yo la amaba más que lo que razonaba, hicimos números, ajusté gastos y nos mudamos juntos. Era muy joven, lo sé. Mis padres no estuvieron de acuerdo, mucho menos, Malala. Ella siempre fue la *opinóloga* de mi vida y mi consejera número uno.

No me importó nada de lo que me dijeron. No calculé las consecuencias, solo pensé en vivir la fantasía que me había inventado, donde todo era perfecto y armonioso, además de apasionante.

Viví en esa nube de felicidad, creada por mí, durante casi un año.

Cobré bien algunos trabajos y me entusiasmé, creí que la vida me sonreía. El ego pudo más. El orgullo me cegó. Estaba enamorado y creí que el próximo paso, antes de hacerme famoso, era el casamiento. Compré el anillo y esperé el momento oportuno.

Ese momento nunca llegó.

Me anunció su embarazo una noche, antes de dormir. Mientras yo lloraba de alegría, ella lo hacía por su mala suerte. Los seis últimos meses, antes de conocer a Bella, que nació con casi ocho meses de gestación, fui el único que mantuvo la relación a flote. Ella solo la hundía.

Esto lo veo hoy, a la distancia.

Una semana antes del parto, me dijo que no quería ser madre. Que había conseguido trabajo fuera de la ciudad y que se mudaría nada más saliera del hospital. Que lo que hiciera con la niña era mi problema.

Idealicé mi relación, inventé su amor porque lo necesitaba, acrecenté lo que sentía por ella para no percibir la ausencia de su cariño.

Cuando se fue y me quedé solo con Bella, suplanté sentimientos. No tuve tiempo de lamentarme, de hacer el duelo de mi pareja, de llorar su abandono. No me permití la tristeza.

Insisto, era demasiado joven.

Años después, lo comprendí todo. Sané, crecí, me enfadé, lloré y me desenamoré.

Me aterra estar cometiendo el mismo error: idealizarla y estar inventándomelo todo.

Tengo que verla, hablarle, sentir su mirada y entender qué me pasa con ella. Además de qué le pasa a ella conmigo.

Mañana, después de hacer todo lo que tengo que hacer, la llamaré con la firme intención de invitarla a cenar.

Si no contesta mi llamada o no asiste a la cita, se acabó.

Capítulo 34: Celine

Lo veo entrar y clavar su mirada en la mía con asombro. Un parpadeo más tarde, ya está sonriendo, con esa mueca sincera y hermosa que quise desterrar de mi memoria.

Se acerca a paso lento, como si disfrutase del momento.

Me encantaría ponerme de pie y escapar de todo lo que significa tenerlo enfrente. Mi mente ensaya insultos silenciosos y la sangre fluye por mis venas con una velocidad que me preocupa, aunque más debería hacerlo el martilleo de mi corazón acelerado.

—Hola. No esperaba verte —murmura.

Su voz suena más ronca.

—Es mi galería —le recuerdo con altanería.

—Hola, Enzo —dice mi padre, acercándose para darle un apretón de manos—. Tengo que disculparme: me surgió un imprevisto, pero Celine me suplantará. No te olvides de entregarle el sobre, hija.

Asiento y agrego un par de improperios mudos.

Sabía que vendría y por eso estaba yéndome. El sobre en cuestión está en mis manos, junto a una nota explicativa para la recepcionista, quien fue al baño por un maldito e inoportuno instante. Mi idea era que ella se lo entregase y supervisase el desmonte del cuadro.

Ambos hombres. Corrijo, el hombre mayor y el joven mentiroso, se saludan después de cruzar un par de palabras y otra vez, me desnuda con la mirada.

Así me hace sentir: desnuda.

—Acompáñame a ver el cuadro —ordeno sin preámbulos.

—¿Vas a disimular mientras estamos solos también? —me pregunta.

—No tengo nada que disimular, a diferencia de ti. Y te pido, por favor, que dejes de llamarme o cambiaré el número. No me obligues a hacer lo que no quiero, mocoso caprichoso —le aclaro, demostrando mi enfado.

Me toma del codo y me esconde detrás de una columna. Su rostro queda a escasos centímetros del mío. Puedo olerlo, puedo sentir sus ganas de besarme y comienzo a incomodarme por las mías.

—Yo no tengo nada que ocultar, pelirroja. Sabes que me gustas. No verte me hizo dudar de mí, pero es imposible que dude de esta piel erizada —señala con los dientes apretados y me muestra su brazo con el vello de punta.

—¡¿Qué no tienes nada que ocultar?! ¿Qué no tienes...? Hipócrita, mentiroso, mala persona —susurro sin dejar de mirarlo a los ojos.

Todo mi cuerpo está en tensión y si no le grito, es porque estoy en la galería rodeada de empleados y clientes.

—Hey, ¿qué dices? ¿Por qué me insultas así? Todo lo que hicimos fue consensuado. Que te arrepientas no me convierte en mala persona. No te gusto, listo, pasa de mí. El resto, te lo ahorras. ¿Estamos?

No, no estamos nada. No voy a quedar como la loca aquí.

—Ven conmigo —exijo mientras camino hacia mi oficina.

No quiero comenzar esta discusión en el salón y ya vi a mi empleada en su puesto.

Siento sus pasos detrás. Voy contando los segundos en silencio, para tranquilizarme. Una vez que cierro la puerta lo miro a los ojos otra vez.

Parece no entender nada.

No doy crédito a su falsedad.

—¿De verdad crees que puede seguir fingiendo? —le pregunto—. Mira, yo no sé qué tipo de arreglos tienes con ella. Si tienen una pareja abierta o no y no me importa. Lo que no voy a soportar es la mentira. Si me dices que tienes pareja, elijo si seguir, pero mentiras, conmigo, no. Con alguien que solo buscaba un revolcón para quitarse la tristeza, como aquella noche, no era necesario ni explicarlo, lo entiendo. Lo que sucedió después… me insististe, me buscaste, repetimos y no fuiste sincero. Eso no está bien, nene.

—No sé de qué mierda estás hablando, Celine. ¿Quién es ella? ¿Mi hija? ¿Qué pareja? ¿En qué te mentí?

Me cubro la cara con impotencia. Él me las quita para mirarme a los ojos y se pone cerca otra vez, limitando mis movimientos e invadiendo mi espacio personal.

Inspiro antes de hablar, quiero contener mi irritación:

—Parece que debo decirlo con todas las palabras porque me crees tonta. No importa. No tengo pelos en la lengua. Te vi en el centro comercial con tu familia. Estabas con tu esposa y tus hijos. La misma esposa que te abrazó emocionada después de tu discurso aquí y la misma hija que me pidió que la acompañase al baño. Me pareció raro que nos trajeses a los niños, eso sí. ¿Tienes debilidad por la más pequeña? Eso no es ser buen padre.

Su rostro es un simple conjunto de rasgos, no hay expresión en él.

—¿De verdad creíste que no me importaría? —indago, golpeando un dedo en su pecho.

Afirma con la cabeza, sin emitir sonido. Y me envuelve la cintura.

Lo empujo con fuerza, alejándome y rompe en risas. Me mira con arrogancia y vuelve a acercarse.

—¡Detente de una vez! —exijo entre dientes.

—Malala es mi hermana, supongo que los niños que dices eran mis sobrinos, porque si no, no sé de quién hablas. Mi hija Bella y yo vivimos solos. No tengo esposa, novia, nada por el estilo. Mi ex, a quien te nombré alguna vez, nos dejó el mismo día que mi hija nació. Y de verdad creí que yo no te importaría, a juzgar por tu indiferencia de las últimas semanas. Me encanta darme cuenta de que eso no es así. ¿Cuánto te molestó?

—Mucho, por supuesto. No me gustan los infieles —le respondo—. Deja de acercarte. No puedo creerte ahora.

—Porque prefieres creerte a ti misma. Sí, eso es muy propio de ti, pelirroja.

Mira su reloj y bufa.

Vuelve a acercarse y me toma la cara.

Yo no puedo moverme. Ha sido más rápido que yo.

Me planta un beso de esos que te arrancan de cuajo el suelo en el que estás de pie. Los ojos se me cierran y me quedo sin aire.

—Se me hace tarde. Dejemos que las cosas sean como tienen que ser —susurra antes de morderme el labio inferior y acariciarme la mejilla.

Sigue sonriendo y me da rabia no entender nada de lo que está sucediendo.

—¿Eso qué significa? —pregunto desafiándolo a responder.

—Que tú y yo «seremos» —asegura, señalándonos y dando pequeños pasos hacia atrás, rumbo a la puerta de la oficina.

—Me aburres con tus tonterías —gruño, impotente por… por… por todo—. Ya te vas, ¿cierto?

—Sí. Me voy, pero nos veremos pronto.

—En tus sueños —murmuro al verlo salir.

—Ahí te veré esta noche, pelirroja, tal como sucedió ayer y la madrugada anterior.

—¿Saco el violín? —ironizo, incómoda, debo reconocer, por la maraña de emociones tan ambiguas que atacan mi inteligencia en este instante.

Lo único que escucho es su risa y tiene la caradura de tirarme un beso desde su posición.

¿Qué acaba de suceder?

Las preguntas se me amontonan en la cabeza. ¿No es su esposa? ¿Es padre soltero? ¿Qué es lo que le parece propio de mí?

Niego con la cabeza y bajo la mirada a mi vientre, recordando la existencia de mi hijo.

Capítulo 35: Enzo

Estoy eufórico. Todo lo que pasó ayer en la galería me dejó atontado. Necesité pensar y tranquilizarme para organizar mis próximos pasos.

Verla resolvió más de una de las dudas que tenía en la mente. Se me dispararon los latidos del corazón. No era capaz de dar las pocas zancadas que nos separaban con firmeza. Me temblaba el cuerpo completo. Estas reacciones tan poco normales para mí ya son, de por sí, una respuesta.

La conversación bizarra que tuvimos me pareció bastante esclarecedora también. Ella puede intentar ocultar todo lo que siente y piensa, aun así, se desmiente por error, omisión o simplemente, con su mirada.

Sonrío y espero.

Soy un tipo paciente y no me cansaré de repetirlo.

Me preparo un café. Enciendo el televisor. La hago esperar unos cincuenta minutos, que se me hacen eternos.

Releo el mensaje recibido: «Te has olvidado el sobre».

Parece que pensó que sería buena idea desbloquear mi número. Podría haber llamado desde la galería o, inclusive, pedirle a la secretaria que lo hiciese. No sería la primera vez. No, optó por hacerlo ella misma y desde su móvil.

Mensaje recibido, pelirroja, y no hablo del sobre.

«Paso a buscarlo otro día», escribo.

Ni bien lo envío, advierto las dos tildes azules que me aseguran que ya lo leyó.

—Estabas esperando, nena, no me lo podrás negar.

«Hoy a las ocho en el restaurante de siempre», escribe.

¿Qué tan patético me vería saltando de alegría por recibir esta invitación, que no entiendo mucho a qué viene, pero no me importa? Lo averiguaré.

Solo agrego un emoticono con el dedo levantado y me meto en el baño para darme una ducha.

No sé cómo voy a hacer para aguantar las cinco horas que tengo que esperar.

Pude manejar la ansiedad durmiendo un rato y llamando a mi pequeña por teléfono.

Estoy atravesando la puerta del lugar de nuestra cita en este mismo instante y me recibe la mirada del tatuado gigante.

Cuando Celine me ve, eleva la mano.

—Hola —saludo con indiferencia, y le guiño el ojo.

La veo acomodarse en la silla, nerviosa y dudosa.

—Mi padre tenía una cita. Hace más de una década que no tiene una y no quería dejarme sola porque… —balbucea apurada y calla de golpe.

—¿Porque…? —la increpo cuando cierra la boca.

—No me sentí bien a la tarde y… no importa. No quería ser un estorbo para él y, además, estaba aburrida —me explica con torpeza.

—Ya veo —murmuro.

Se remueve otra vez en el asiento al ver que no reacciono. Va a tener que trabajar en esa explicación un poco más, no se la voy a poner fácil.

—Soy una chica práctica, si me aburro, busco con quién divertirme y…

—¿Quieres divertirte conmigo? —la apuro con una ceja elevada y sin sonreír.

—No he dicho eso. Lo que estaba por aclarar era que, a pesar de querer divertirme con alguien, prefería llamarte para hablar y aclarar ciertas cosas que quedaron sin conversarse ayer —insiste en darme explicaciones.

Por dentro, estoy sonriendo feliz y un poco ansioso.

—Es muy romántico de tu parte llamarme para cenar —ironizo.

—No lo es, dejé bien claro con mis muchas palabras que es practicidad. Y tenía hambre —revela.

—¿No comes desde hace cinco horas? —bromeo, y a

punto está de mandarme a la mierda, lo adivino, por eso, agrego—: Sigo pensando que es romántico que sea yo la persona que crees que puede acompañarte hoy, por los motivos que sea.

Hace silencio por fin, inspira profundo y frunce el ceño. Da la conversación por acabada y sonrío al verla tan contrariada. No voy a acostumbrarme, algo me dice que es momentáneo.

—Te encanta hacerte la dura. Lo llevas en la sangre y no puedo dejar de recordarte que eso me pone caprichoso y me entusiasma —susurro, acercándome a ella—. Hueles delicioso.

—Estás tergiversándolo todo. Te hice venir para aclarar los malentendidos.

Me encanta percibir que mi cercanía la pone nerviosa, tanto, que creo que su voz falla un poquito.

—Yo no fui el que malentendió o inventó tonterías por celos —comento.

Bufa y sonríe por fin. Pone los ojos en blanco y niega con la cabeza. Me encanta esta postura altanera que intenta venderme.

Me pongo serio sin previo aviso antes de decir:

—Soy un padre soltero. Soy artista plástico y pintor. Me llamo Enzo y me conocen como Belyen por mi trabajo, aunque comencé mi carrera con mi nombre y puede haber algún cuadro por ahí firmado así. Será un placer saber más de ti, Celine, porque me encantas.

—Ya no tengo hambre —sentencia, poniéndose de pie y abandonando la mesa—. Te pago luego, Toto.

—No me debes nada —le avisa el baboso.

¿Qué le va a deber si solo bebió un poco de agua?

La sigo, por supuesto, sin entender lo que sucede.

—Detente un momento —ruego. Ella me ignora—. Celine, por favor. ¡Detente! —exijo, apretándola contra la pared.

Parece que es de la única manera en que me hace caso.

Nos miramos a los ojos, respirando agitados.

Tengo infinidad de cosas para decirle, pero se me atragantan cuando veo la punta de su lengua lamiendo su labio superior.

Capítulo 36: Celine

No me gustan los hombres insistentes, atrevidos, que no entienden de límites y se creen infalibles con sus *palabritas bonitas*.

Menos me gusta tener que desdecirme al escucharlo presentarse, taladrándome con la mirada, robándome la respiración por sentirlo tan sincero.

—¡No eran celos! —exclamo a medio centímetro de su boca.

—Si tú lo dices —musita, acercándose más.

¿O soy yo quien lo hace?

Cierro los ojos cuando sus labios rozan los míos. No me besa, solo se queda allí.

Soy yo la impaciente, la que arremete con la lengua y los dientes.

Escucho un par de palabrotas y un jadeo que acompaña a mis propios gemidos.

Toma mis manos inertes, que estaban apoyadas en su pecho, y las lleva a su nuca. Mis dedos se enredan en su cabello nada más sentirlo.

—No pienses —balbucea, pegándose a mí.

Mi cadera se balancea de un lado a otro; busco su contacto con desesperación. Me aprieta el trasero cuando siente mi pierna enredada en la suya.

Deberíamos…

No, no quiero pensar.

Bajo la mano hasta la bragueta de su pantalón y lo acaricio.

—Pelirroja.

—No pienses —lo copio entre suspiros.

—Estamos en la calle, nena —susurra jadeando.

Sus manos toman mi rostro y me aleja unos centímetros. Me besa los labios con varios picos húmedos y sonríe.

¿Por qué tiene que gustarme tanto?

—Vamos a mi casa —suplica.

Niego con la cabeza.

No quiero ir a ningún lado con él.

No quiero saber nada con él.

No puedo dejarme vencer por la tentación.

«No mereces sufrir por alguien como yo, *baby*, eres un buen hombre y ya tuviste tu cuota de gente dañina».

—No quiero volver a verte, Enzo —le digo, y me alejo sin mirar hacia atrás.

Con cada paso que doy, repito mentalmente que lo hago por su bien. Estoy evitando ser egoísta, porque si lo fuera, hubiese aceptado su invitación.

Llego a mi casa sin saber cómo pasó. Me despojo de la ropa mientras me acerco al dormitorio. Me acurruco en la cama y, sin pensar en nada, me quedo dormida.

Me despierto muy temprano, recordando que es sábado.

Compro un boleto de avión para hoy mismo y armo una maleta pequeña.

Necesito distracción.

El viaje no es largo. Y cuando llego, tomo un taxi hasta el hotel de siempre. Sin demoras, me pongo el biquini.

No pienso en nada; sigo adormecida por el terror que siento. Sí, lo reconozco, el pánico me doblega.

No sé qué hacer.

Pongo en un bolso la toalla y el protector solar. Busco el móvil y entonces me doy cuenta de que lo olvidé en mi casa.

No me importa. Mejor.

Paso unas horas en la piscina. Coqueteo con un par de hombres que me regalan unas copas y me siento otra vez yo. Hasta que uno pide más, algo que no sé por qué, no estoy dispuesta a dar. Hoy no. Nos despedimos con promesas que no creo que cumpla.

La soledad me enfrenta conmigo al volver a la

habitación y me obligo a escapar otra vez.

Me ducho rápido y a la media hora ya estoy tocando el timbre en el apartamento de Alana.

—¿Celine? ¿Qué haces, loca? ¡Qué alegría! Me encuentras de casualidad. Vamos. Tengo que hacer unas compras —dice de corrido, abrazándome, sorprendida. Tan asombrada la he dejado con mi visita que ni cuenta se da de que actúo como un autómata.

Me viene bien estar ocupada con rutinas ajenas.

Conversamos de todo un poco. Le hago mil preguntas sobre su nueva vida y sus sentimientos.

Sobre el pasado hablamos menos. No quiero incomodarla ni volver más seria la charla. Mantener esto en el plano superficial es lo que necesito, así es todo más seguro.

Me siento al borde de un precipicio. La caída será vertiginosa. Mejor dicho, estoy por entrar en una curva cerrada a más de doscientos kilómetros por hora y no tengo frenos. El choque será letal.

No puedo seguir rehuyendo de lo inevitable, pero ¿con qué valor lo enfrento?

No puedo desacreditarme de la noche a la mañana. No estoy capacitada para dejar de pensar como pienso. Soy firme en mis convicciones.

La voy a cagar.

Lo voy a dejar.

—Estás rara, Celine —dice mi amiga.

No tengo ni idea de lo que estaba hablando antes de llamarme la atención.

—Lo que estoy es agotada por el viaje, por el meneo que le di a un rubio en el hotel y por la cantidad de trabajo que tuve en la semana —miento.

—Vamos al gimnasio —agrega, entusiasmada.

La veo tan feliz que hasta la piel le cambió. Está radiante. Me alegra tanto que hasta le envidio el estado de ánimo.

—No puedo, mi unicornio se enfermó.

—No digas tonterías —comenta entre risas y me hace sonreír también al seguirme la corriente.

—Tú empezaste. No nací para sudar, cariño —bromeo. Eleva las cejas cuestionando mi comentario—. Para sudar haciendo ejercicio —aclaro, y suelta la carcajada.

Voy despertando, recomponiéndome, tapando emociones.

Llegamos a la cafetería donde ella desayuna, trabaja y alguna que otra cosita que no necesito preguntar; lo doy por hecho.

Me recibe el sexy dueño de la cafetería y me dan ganas de pedirle que se quite la camisa para verle los tatuajes.

«El *mocoso* no los tiene».

«Cambia de tema. Sigue con la mente en blanco», me exijo.

Alana me habla de David y tenemos una pequeña conversación que casi desencadena en una discusión. Es que soy un poco determinante cuando creo que mis amigas se exponen a algo que, según mis ideas, es peligroso.

Cuando comienza a hablarme de lo bien que está, de lo importante que fue tomar decisiones y hacer cambios drásticos. De cómo cambió su manera de ver la vida, de enfrentar retos y de lo importante que es transformarse y renovarse, pensar diferente y no sé cuántas cosas más, mis neuronas conectan de nuevo.

Soy feliz si ella lo es, aunque en este momento no puedo seguir escuchándola.

—Creo que tanta melaza me empalaga. Practicaré mi hobby en la habitación del hotel —explico.

El morenazo que nos mira sonriente detrás de la barra de madera me guiña el ojo.

—No te ilusiones, ya te dije que no eres mi tipo —le aclaro en broma.

—Tampoco estoy disponible. ¡Qué pena! En otra vida —comenta sonriente.

—Prometido —digo, y taconeo hacia la salida.

Esta noche me toca pelear con fantasmas. No tengo el valor; no obstante, sé que el silencio me gritará hasta que lo escuche y la toma de decisiones se imponga.

Me encierro a oscuras y llamo a Conny desde el teléfono del hotel.

—Hola —murmura con tono preocupado—. Val está buscándote por todos lados. Estamos preocupadas.

—Estoy bien. Vine al hotel de tu desp... Estoy visitando a Alana —le cuento, corrigiéndome, y hago silencio.

Ella también.

—Dime lo que sea —señala por fin.

—No sé qué hacer. No quiero ser cursi, pero me gusta. Me gusta mucho.

—¡Está casado, Celine!

—No lo está —comienzo a explicarle y no me quedan detalles por contarle.

Suspira al final.

—Y quieres que te diga que tienes razón, que lo dejarás un día, cuando te aburrirás de él y sus pantuflas —conjetura, yo afirmo con la cabeza mientras habla, como si estuviese viéndome.

—No sé si las usa, igual, parece un buen resumen —murmuro.

—La vida rara vez es como la planeamos. Doy fe de ello. Yo no hacía nada sin un plan y lo sabes. Rompe con esos prejuicios, amiga, atrévete. Sé feliz sin esa barrera que te inventas. Ese límite no existe. Está en tu cabeza.

—Estás muy introspectiva tú —le aseguro.

—Lo que estoy es confundida y emocional con tantas cosas que estoy descubriendo sobre mí en terapia. También creía que repetir historias era mi karma y hasta intentaba hacerlo. No huía como tú; yo me había entregado a la idea de que así debía suceder, y al no poder escapar, cedí.

—Creo que no te entiendo.

—Lo hablamos otro día. También tengo que contarles que me reuní con Dante.

—¿Cómo está? —quiero saber.

—Bien. Elaborando su propio duelo —responde—. Anímate, Celine. Es lindo estar enamorado y no importa si no es para siempre.

—No quiero hacerle daño —le explico entre sollozos que me tomaron por sorpresa.

—No lo harás, y si sucede, fuiste feliz mientras duró. Seguro que él también.

—Tu endemoniada luna de miel tiene la culpa —bromeo.

Esa noche conocí al cachorro y ya no salió de mi cabeza por una cosa o la otra.

Conny se ríe antes de poner mi mundo de cabeza con su frase:

—Esa noche, te cambié la vida. De nada.

Capítulo 37: Enzo

Malala me mira mal, mi cuñado se aleja pidiéndole que se calme un poco y yo se lo agradezco con la mirada.

—Te lo advertí —dice.

—Mentira. Lo que dijiste fue que una mujer podría complicar mi relación con Bella y eso no es lo que sucede. Y, si mal no recuerdo, también me dijiste que te gustaba Celine.

—Enzo, ¿no puedes buscarte una mujer simple, sin dobleces, con una personalidad tranquila? No sé cómo definir a alguien que no te ponga entre la espada y la pared.

—Sería aburrido —le explico y me río.

Soy franco en esto: me gusta el desafío.

Que no entiendo nada de lo que pasó, no lo voy a negar. Me dejó de pie como un tonto en medio de la calle después de manosearme como le vino en gana y besarme como si fuese la última vez.

Me niego a que sea la última vez.

Celine está tan confundida con lo que le hago sentir como yo con el efecto que ella tiene en mí. Lo veo, lo percibo. No voy a ser tan estúpido de dejarla escapar porque no quiera enfrentar lo que pasa. La voy a convencer de que no puede dejarse vencer por la cobardía.

Dicho esto, agrego que estoy preocupado. Hace dos días que intento ponerme en contacto con ella y no puedo. No ha visto ni los mensajes y eso ya es demasiado llamativo.

—A ver si por querer jugar al héroe vuelves a dejarte embaucar por una mala mujer.

—No te pases tampoco. No quiero ser un héroe. Solo quiero que se sincere. Le gusto, Malala, lo sé.

—La acobarda que seas padre soltero —sentencia sin argumentos.

—No es eso. Me huye desde antes, desde la primera noche que pasamos juntos.

—No le gustas entonces —agrega, otra vez, sin fundamentos.

—Desde «después» de la noche que pasamos juntos, y te aseguro que le gustó —le aclaro, elevando las cejas varias veces para molestarla.

—No necesito detalles.

No quiero explicarle la conexión que tuvimos porque no hay palabras para hacerlo. Se siente o no. La pelirroja no se guarda nada cuando se quita la ropa; se sincera cuando se desnuda. El problema viene cuando se viste, ahí es cuando se aleja.

No dudo que tendrá sus motivos; no obstante, los voy a desaparecer a base de insistir en que no debe temer conmigo.

—Tenemos que hablar de dinero, papi —me increpa mi niña, interrumpiendo una conversación de adultos.

Mi hermana, que sigue con la perorata de que le ponga más límites, eleva una ceja y golpea la punta del pie en el suelo.

Compadezco a mi cuñado cuando se pone en plan bruja mala.

—¿Qué hablamos de interrumpir conversaciones? —pregunto con contundencia, clavando la mirada en Malala.

—Es solo un ratito —explica la pequeña caprichosa que siempre cree tener la razón.

—Ni por que sea un ratito —agrego.

—¡Ufa! —rezonga y se cruza de brazos—. ¿Ya no estás hablando? Es mi turno. Hablemos de dinero.

Se me escapa la risa; no puedo retenerla.

A mi hermana lo que se le escapa es la frustración en forma de chasquido con la lengua.

—Te vas a arrepentir cuando sea adolescente —me dice, y se pone en pie para levantar la mesa.

—Hablemos de dinero —repito, con Bella acomodada a mi lado.

—¿Qué voy a hacer con la parte que gané por los cuadros? Los primos dicen que me conv... conie...

—¿Conviene? —la ayudo, y ella afirma.

—Sí, eso, comprarme un *Play* y muchos jueguitos.

—Tú no juegas con eso —le explico.

—Pero ellos sí, y entonces me van a visitar más, y jugarán con mis muñecas —explica con entusiasmo.

—Niños, ¡vengan ahora mismo! —grita Malala enfurecida.

—Deberías ponerles más límites a esos convenidos —murmuro en broma, y la escucho gruñir por lo bajo.

Recién cuando llego a casa, me doy cuenta de que tengo un mensaje de la pelirroja. Puedo leerlo cuando acuesto a Bella y lo hago sin respirar, acojonado como nunca.

«Quiero avisarte que me abriré una nueva cuenta en la aplicación».

¿Qué mierda es esta?

«No lo hagas», escribo.

Me envía un audio y me llevo el móvil a la oreja para que mi hija no se despierte.

«Si me encuentras, no te rechazaré, artista plástico. Es todo lo que puedo ofrecerte».

Esta mujer me va a matar.

«Solo yo», le ordeno, pero es más un ruego, o un deseo.

«Tienes tres días. Hace mucho que no tengo sexo y me

muero de ganas».

Nada más leer, abro la ducha. Necesito un baño para calmarme, en varios sentidos.

Capítulo 38: Celine

No sé lo que estoy haciendo. Odio pedir consejos porque nunca sé si me conviene cumplirlos o mantenerme en mis trece y desoírlos por completo.

Mi embarazo sigue siendo un secreto para todos, menos para Val. Siento que no es el momento de anunciarlo aún. No puedo condicionar mi relación, cualquiera que decidamos que sea, con el *chiquillo bonito* este, porque seremos padres.

¡Madre mía! ¡Seremos padres!

¡Seré madre!

No puedo encajar la idea en mi vida todavía.

Lo de «chiquillo bonito» es un insulto, para que quede claro. Me pone a pensar, me hace sufrir, me desafía a lanzarme al maldito precipicio solo para aprender a volar.

Esta frase tonta la dijo Alana: «Lánzate y aprende a volar».

Menuda estupidez. Los seres humanos no volamos, nos estrellamos contra el pavimento y quedamos reducidos a nada.

«Pero quién te quita lo "volado"», argumentó Val cuando expuse mi punto.

Demás está decir que unieron sus fuerzas y me convencieron. Mejor dicho, me dejé convencer porque Enzo me gusta más de lo que soy capaz de reconocer en voz alta, baja y hasta en silencio.

Mi antipática y antisocial arrogancia me impide hacerlo con normalidad. Si quiere algo conmigo, no sé qué todavía, será a mi modo.

Mi perfil lleva el nombre «Pelirroja», nada de Celine. La verdad es que tampoco se la estoy complicando mucho.

Si al final, me he vuelto una floja.

Me hubiese encantado conocer su reacción al leer mis mensajes. Reconozco que el «solo yo» me puso un tanto cachonda, porque lo tomé como una orden de esas que suenan a «ponte a cuatro patas, ya».

No me hagas caso, estoy afectada por la falta de actividad sexual y por imaginarme el cabreo que le dio leerme.

No me reconozco. Me he mantenido célibe durante un tiempo bastante largo y atravesando problemas serios. Es una novedad. Me siento orgullosa de mí.

Jamás repetiré que escapar de las dificultades a base de orgasmos no me hace sentir bien ahora. Me pareció una salida fácil y menos peligrosa que otras que se practican para los mismos resultados. Ya no lo veo tan claro.

Aquí estoy, «humectando» las consecuencias de haber mantenido esa actividad con descuido. Me recomendaron ponerme mucha crema en el vientre para que la piel no forme estrías. En eso estoy.

A riesgo de parecer una persona poco coherente, me encanta mi estado. ¿Será normal sentirse sexy, fuerte, poderosa, femenina? Entiendo que cuando tenga diez kilos de más sobre mis rodillas, no me sentiré igual. Lo voy a disfrutar mientras dure. Imagino que es el momento idóneo para comprar la ropa de embarazada.

Suena mi móvil y reconozco el ruidito de la notificación. Me encontró. No le costó mucho.

«Se lo pusiste fácil para que así sea», me pelea mi inconsciente.

Se me dibuja una sonrisa tonta, de esas que les critiqué a mis amigas en cada oportunidad que se presentaba. No quiero comenzar a odiar esta sensación que me vulnera un poco.

¡Qué floja me estoy poniendo!

Abro la aplicación y leo. Me sale una carcajada nerviosa.

—Pareces una recién llegada —me reprendo.

«Mas te vale que sea el primero y único», amenaza el mocoso.

«¿O qué?», le pregunto.

Me dejo caer en la cama, desnuda, *encremada*, y feliz.

Retiro lo último.

Nunca necesité que un hombre me escribiese para ser feliz. Soy feliz porque pude tomar decisiones y avanzar. Estar atorada me estaba angustiando.

«Te explicaré las consecuencias hoy a las ocho. Dime dónde», leo.

Miro a mi alrededor y, al encontrarme con mi propio reflejo en el espejo, me reto:

—Ni lo pienses.

Todavía no creo que sea el momento, tampoco sé si llegará ese día.

No le pasaré mi dirección.

Mi hogar es mi templo y no lo contaminaré con presencias masculinas prescindibles.

Sonó duro, lo sé. Hay costumbres que se arraigan tan fuerte que se naturalizan.

Me voy a desdecir otra vez y será él el culpable.

Este hombre ya no es prescindible en mi vida. No, al menos, en la de mi hijo. Puede serlo, sí; no lo voy a obligar a nada, pero deseo que no lo sea. Me encantaría que mi pequeño tenga un padre y considero a Enzo uno de los buenos, como el mío. Estoy segura de que él no cometerá demasiados errores, como lo haré yo, que tengo el instinto materno en pañales, si es que lo tengo.

Mi mente se inventa una imagen tan bonita de mi padre con un bebé en brazos que me es imposible mantener los ojos secos.

Yo creo que se me pegó un poco de esa tontería sensiblera que transmiten Val y Conny. Voy a tener que tomar algo para transpirarla o escupirla porque no me aguanto así de empalagosa.

El sexo te hace transpirar, me recuerda el sonido del móvil.

«Dime dónde o te busco en la galería mañana».

Alguien está impaciente.

Somos dos, *baby*.

Capítulo 39: Enzo

Respiro profundo y aprieto los dientes. Sé que es más fácil para ella hacerse la dura y reconozco que también lo es para mí comprenderla cuando se pone en esa tesitura.

La verdad es que me hubiese gustado tener una cita más convencional esta noche y no vernos directamente en una habitación de hotel.

Que no suene a queja, por favor, que peor es nada.

Voy asumiendo mi rol de «trabajador» en la relación. Sí, déjame pensar que ya tenemos una. Al fin y al cabo, relación es sinónimo de vínculo, acuerdo, trato… y eso es exactamente lo que tenemos con la pelirroja. Quedó implícito en el absurdo diálogo escrito que compartimos.

No me pesa ser el que insiste y arremete ante sus negativas. A ella le cuesta menos aún poner palos en la rueda. Si lo pensamos bien, terminamos siendo el complemento perfecto.

Hago una nota mental de esta conclusión para decírselo después. Me encanta molestarla con frases que la sacan del personaje que intenta mostrarme. Sé que sabe que no me lo creo, aunque le siga el juego.

Si los dos lo disfrutamos, así será.

La veo en la entrada del hotel, subida a un escandaloso par de tacones negros. Ni hablar del provocativo vestido que se ha puesto. Me ve bajar del coche y sonríe con esa picardía que me pone a suplicarle a todos los santos un poco de compasión.

Se me atoran las palabras y es muy consciente de eso.

—Respira, *baby*. Te estás poniendo morado —ronronea desde su posición de espera, a pocos metros de distancia.

—Morado, sí —repito, pero hago alusión a otra cosa.

Se le dibuja una sonrisa al darse cuenta de lo que insinúo.

—Cochino —murmura, acercándose a mí, mucho, tanto que me roza con sus tetas.

—Eso me inspiras si te vistes así —le aclaro, y rozo su cuello, dejándole la boca suspendida en un intento fallido de beso en los labios. También sé provocar.

—A ver, chiquillo, que ya quedó claro que no sabes jugar en la liga de los mayores —me pincha y toma mi cara—. Bésame.

Acabo de rendirme a sus pies con esa exigencia.

El beso es cortito, simple, un poco baboso y succionado, pero nada más. No puse la lengua en acción tampoco. No tengo la suficiente resistencia. Como no sé qué se trae esperándome aquí, prefiero no inducir una erección desde temprano.

—Estás hermosa —susurro en su oído y le muerdo la oreja.

—Solo para ti —agrega ella, acariciándome la mejilla.

Este gesto tan casto como respuesta me alcanza para tomar coraje y hacerle una invitación.

—Tengamos una cita. Ahora. Quiero que me vean contigo —le digo.

La hago girar sobre su eje, tomándole una mano y observándola en toda su gloria.

Sonríe. Me estudia. No sabe qué responder, pero tampoco se baja de su poni. Su ego impostado no se lo permite.

Me importa muy poco. Ya no me lo creo.

Sé que le gusta que la enaltezca y me ponga en segundo lugar. Tiene claro que estoy haciéndolo.

Por fin sonríe amplio y me guiña el ojo.

—¿Eres capaz? —cuestiona con pulla.

—¿De pavonearme contigo? ¡Por supuesto! Mi desayuno de hoy fue con cereales y almorcé espinaca.

Me observa ahogando la risa. Repasa mi rostro con sus ojos y la imito.

Sus voluminosos labios le hacen competencia al celeste de su mirada. Toda ella es la perfecta musa para un artista. No soy de hacer retratos, pero juro por mi hija que le haré uno.

—Te voy a pintar, pelirroja. Quiero que te veas como yo lo hago —comento en un susurro.

Afirma con la cabeza despúes de suspirar. Prepara la huida de lo que le supone un incómodo momento y se lo permito elevando la ceja a modo de desafío.

—Me encantaría saber hacerlo para que te veas como yo, pero lo único que sabría dibujar sería el chupete.

—Que no tendría puesto porque te estaría besando o algo similar, déjame pensarlo mejor —le aclaro, y le tomo la mano para guiarla al coche.

Capítulo 40: Celine

No soy una mujer nerviosa, él me convierte en una. Tiene la habilidad de penetrar la fortaleza que construí. Sabe vulnerar mis defensas.

Debería sacarlo de mi vida porque me desconozco un poco cuando estamos juntos. No tengo la pujanza de hacerlo. Tampoco quiero hacerlo. Ya no.

No importa cuántas veces me repita mi vocecita interna, con la que crecí, que voy a fracasar, que lo haré sufrir, que no podré evitar lo que vino escrito en mis genes… No deseo alejarme.

Sabe mirar más dentro de mí de lo que le quiero hacerle creer. No tengo idea de cómo lo hace, pero descubre mis tretas, me desnuda, me vuelve transparente. También me empodera y me potencia. Es ese tipo de personas que hacen bien y nunca necesité de una.

No voy a ponerme a analizar por qué ahora sí estoy

dispuesta a necesitarlo.

—Me dices si quieres que te dé un beso delante del que te molesta en clases —murmuro en su oído, y le paso la lengua por la oreja.

Me encanta cuando se pone en modo seductor y dice guarradas.

Va delante de mí, caminando con seguridad, guiándome, con mi mano apretada en la de él.

—Pero sin lengua, que se me nota en los pantalones —bromea.

El lugar es acogedor, aunque está lleno de gente. No imaginé que fuese de los que visitan este tipo de bares donde se baila también, aunque no sea una discoteca típica.

Selecciona una mesa al fondo y acomoda las butacas una al lado de la otra.

—Necesito que me cuides de las chicas. Tu presencia las ahuyentará —asegura dándole palmaditas al asiento.

Estoy a nada de comérmelo a besos. Si sigue así, le pinto la boca de rojo.

—Déjame enviarle un mensaje a mi hermana, porque Bella, mi hija, ¿la recuerdas?, quiere comer dulces antes de cenar y… —se interrumpe al ver que no digo nada, que solo lo miro un poco confundida.

¿Es una locura que me haya encantado que naturalice la conversación hasta ese punto?

Sí, lo es. Mi *femme fatale* interior debería estar plantando la bandera roja de peligro.

No lo hace, todo lo contrario.

—¿Y...? —le pregunto—. La idea es conocernos, ¿no? Además, me gusta Bella.

Me observa, dejando el mensaje incompleto, y sonríe de lado. Su labio más gordito casi cubre al de arriba. Le brillan los ojos cuando me acaricia la mejilla con los nudillos.

Qué sensación más bonita me acaba de provocar su caricia.

Quiero irme a mi casa.

Me acomodo mejor en la silla y me ignoro a mí misma.

—Si no dejas de sorprenderme... —advierte, con una ceja elevada.

—No te enamores de mí, *baby* —bromeo porque me está inquietando con su mirada y a veces, no hay mejor defensa que un ataque.

—Creo que llegas tarde con el consejo —aclara con sus ojos anclados a los míos.

Me obligo a respirar y a encajar sus palabras sin que se me note la incomodidad.

La frase, que parece tan poca cosa, me acelera el corazón.

Lo veo teclear sin que se le mueva un pelo.

¿No es consciente de lo que acaba de decir?

No, no lo es.

—Te decía... mi hija es caprichosa, porque yo la maleduco. Hace lo que quiere conmigo, pero con Malala, no —comenta, guardándose el móvil en el bolsillo del pantalón.

No, no es consciente de que acaba de patear todos los cimientos de mi mundo y que debo volver a apalancarlo con las pocas herramientas que tengo a mano: sensualidad, ironía, arrogancia… Todas fingidas, aunque muy útiles.

—Mi papá también me permitía todo. Nunca lo catalogué de mal padre, mucho menos de que me haya maleducado. Tu hija es un encanto —digo sincera, y logro que se sonroje.

—No fue fácil —murmura.

—Nada en la vida lo es. ¿Siempre quisiste ser padre?

No estoy preparada para hablarle sobre mi secreto todavía. Pero necesito saber cómo piensa. Revisar el terreno donde apoyaré la bomba que no se espera.

—No alcancé a pensar en eso. Me convertí en uno antes de llegar a ese punto de la relación con mi ex. ¿Y tú? —pregunta haciéndole una seña al camarero.

—Siempre supe que no quería hijos —le aseguro.

Busco con miedo su reacción a mi respuesta. Es nula o neutra, no sé cómo catalogar que no se haya impresionado por escucharme decir algo tan contundente.

Un camarero se acerca. Pedimos las consumiciones y, al volverse a mí, sigue como si nada:

—Es extraño que digas eso, eres buena con los niños. Mi hija quedó enamorada de ti y de tu amiga.

—Los niños no me molestan. Con lo que no soy buena

es con los felices para siempre —le explico con sinceridad.

Otra vez clavo mi mirada en él.

Sé lo que parece: que quiero asustarlo con mis declaraciones. Algo de eso hay. Es una jugarreta de esa parte de mí que quiere escapar de todo lo que significa estar aquí, conversando de temas tan mundanos como íntimos, supongo.

—Bueno, un hijo es para siempre. Eso sí —asegura con total normalidad, como quien habla de que el agua moja.

No hay reproche en su actitud, en su tono, en su caricia a mi mano derecha.

—No lo fue para mi madre —comento en voz baja.

¡Mierda! ¿Por qué tengo que hablar de ella?

Eleva su mirada a mis ojos otra vez.

—Tampoco para mi ex —agrega él, y suma un silencio que ambos necesitamos—. No voy a preguntar. Me mostrarás a Celine a tu ritmo.

Trago el nudo que se me forma en la garganta.

Alejo mi mano de su agarre.

Apoyo mis pies en el suelo para prepararme.

Quiero correr.

Llegan las bebidas.

El camarero se interpone en mi camino.

Cuento los segundos en silencio y siento su mano sobre la mía una vez más. Se la lleva a la boca y me besa la palma. El guiño de ojo me hace estremecer.

Me debilita. También hace eso.

Cierro los ojos y me acerco a su oído, porque no soy capaz de decir lo que tengo en la punta de la lengua en voz alta:

—Nunca dejes de insistir en esto que tenemos.

Se aparta lo suficiente para observarme.

—¿Qué tenemos? —pregunta ilusionado y algo sorprendido.

Es mi turno de acariciarle la mejilla y hacer una mueca que le indica que es todo lo que logrará por ahora. Sé que me comprende y recibo en respuesta la sonrisa más bonita que alguien puede dibujar, hasta sus ojos sonríen.

Elevo los hombros para restar importancia a la conversación, o a la respuesta que debería dar y omito, rompiendo adrede la conexión que acabamos de crear.

Bebo de mi copa con sensualidad.

Se muerde el labio, siguiéndome el juego.

Pasándome la lengua por los míos con sensualidad, le respondo:

—No tenemos nada, pero eres tan infantil que seguro que tienes la fantasía. Te falta tomar demasiado biberón para lograr que me comprometa con alguien como tú.

—Me hieres, pelirroja, pero sabes que te mueres por mis huesos y mi *colágeno* —agrega mordiéndome el hombro.

Me encanta lo difícil que me lo pone. Se ha ganado mi respeto el mocoso.

Capítulo 41: Enzo

Sería mentir si no describo esta noche como la más interesante de las que pasé con ella.

La imaginaba como una mujer intensa, intrigante, con valores arraigados y mucho carácter. No le erré. Celine es todo lo que adiviné que sería, aunque lo que me ocultaba es mucho más encantador.

Aquello que calla, esas miradas que acompañan gestos tan claros como respuestas, las maravillosas sonrisas lentas que dicen más que mil palabras… ¿Sabrá que lo hace? ¿Será consciente de que se muestra más así que si me contase cómo es en realidad?

Estamos en el hotel donde me citó. Era inevitable acabar aquí.

Bebimos y bailamos. Nos provocamos y sedujimos. Hablamos sobre nosotros a nuestro modo, con ironías, caricias y silencios. Rozamos el cuerpo de mil maneras buscando reacciones y nos conocimos un poco más.

Somos más realistas de nuestros límites para con el otro ahora mismo. Sé hasta dónde puedo tirar de sus cuerdas y ella descubrió mis debilidades.

Estamos estudiándonos y me parece muy excitante la forma en la que lo hacemos.

No me hagas caso, todavía me envuelve la nebulosa orgásmica. Sigo entre sus piernas, disfrutando del instante y recuperando el aliento.

Sus manos acarician mi espalda con una deliciosa parsimonia y yo le aprieto el trasero para que vuelva a notar que estamos unidos.

Cuatro de cuatro es una regla. El éxtasis compartido es una pócima que embruja hasta a los más duros. Con solo avisarle que estoy en ese punto de no retorno, su cuerpo acciona y me espera, se acopla, se prepara para la explosión y me acompaña. Parece simple, no obstante, yo nunca lo viví más que con ella.

En respuesta a mi apretujón, sonríe, me muerde la oreja y tira del cabello de mi nuca.

—Necesito darme una ducha —dice antes de besarme.

Me dejo caer de espaldas para liberarla.

—Espera que agarro esto —murmuro manipulando el condón cargado—. Listo. Abandóname.

—Madre mía, ¡qué dramático eres! —exclama.

La veo caminar desnuda y suspiro. Algo hice bien en mi vida para que el destino me la haya puesto en mi camino.

—¿Las reglas de las mujeres mayores incluyen la ducha compartida? —le pregunto.

Con ella debo andar con cuidado, caminar como si lo hiciese sobre cristales rotos o sobre brasas encendidas.

¿Que si exagero?

Ni un poquito.

—Solo si sabes enjabonar la espalda —responde entre bufidos mentirosos.

—A eso me dedico en mi tiempo libre —comento.

No pido permiso, me introduzco en la cabina y la abrazo por la espalda. Poco me importa que haya suficiente lugar para una familia completa. Esto es enorme y con chorros a presión que salen por todos lados.

—Estás invadiendo mi espacio personal —susurra sin alejarse.

Envuelvo su cuello con mi mano para que entienda que quiero besarla y me hago un hueco entre sus nalgas.

—Has perdido el derecho de mantenerlo al dejarme entrar aquí —le explico mordiéndole los labios.

No tengo idea de si ya la doblegué, la convencí o la conquisté, no lo sé. De lo que estoy seguro es de que cada vez soy más sincero y puedo dejarme llevar por lo que siento y deseo con más tranquilidad.

Se gira y me abraza, no aleja su mirada de la mía. El agua nos cae a raudales sobre la cabeza.

—Soy una mujer especial. Sé que soy dura, que desafío demasiado y no me dejo atrapar con facilidad. Creo que deberías ir descubriendo tus propios límites e imponérmelos a mí —expone con la voz ronca.

Intento hablar. No me lo permite. Espero que esto no sea la despedida de lo que acabo de imaginar que estábamos comenzando a ser.

—Mis fantasmas acaban de morir en la vida real, aun así, yo los mantengo con vida en mi interior por miedo a sufrir o lastimar a alguien. Me siento más segura de esa forma —agrega.

—Entiendo —susurro sin ánimo de interrumpirla.

Solo quiero hacerle saber que la he escuchado. Que he comprendido.

—Ojalá que sí, *baby*. No quiero sorprenderte cuando te deje, ni que me vengas a pedir explicaciones —agrega dándome la espalda con frialdad y enjabonando su cabello.

—¿Eso cuándo sería?, más o menos, para ir preparándome —bromeo.

A ver, que estoy asustado como un niño pequeño rodeado de oscuridad, pero no me considero en peligro. Todavía estamos desnudos en una bañera, juntos y con mi cuerpo pegado al de ella. Digo yo que me hubiese mandado de paseo si no me quisiera aquí. No parece que le moleste mi roce, por el contrario.

Su culo me acaricia la entrepierna con malicia y sé que es parte de su juego perverso de mujer seductora que quiere demostrar que está al mando.

—Te lo iré avisando con tiempo. No por ahora. Aunque deberías seguir insistiendo con tus tonterías de niño inquieto que todo lo quiere y cuanto antes mejor.

Sonrío por sus palabras.

Me pongo delante de su rostro con mi gesto serio y pensativo.

Su maquillaje ha desaparecido y el que no, está corrido. Se lo limpio con el pulgar y me lo permite cerrando los ojos para que no le entre en ellos.

—Nos acostamos cuatro veces, nos besamos siete más otras ocho que fueron más castas —abre los ojos cuando deja de sentir mis manos en sus mejillas y me mira. intrigada, muda—. Me manoseaste en plena calle, nos refregamos un poquito mientras bailábamos y hasta cenamos juntos. Yo creo que esto es una carrera digna para elevar el vuelo con destino a un noviazgo, mal que nos pese. Me atrevo a agregar, y lo digo al pasar solo para dejarlo asentado, me parece que más pronto que tarde, tú y yo estaremos haciendo el amor. No es lo que buscamos. ¡Válgame Dios!

—Solo estás siguiendo la lógica de los acontecimientos, ¿cierto? —agrega tragándose la risa.

—Ni más, ni menos —le aseguro, y abandono el receptáculo para preservar mi seguridad física.

Tonto no soy y sé que me estoy extralimitando.

Ella quiere poner sus términos, me parece muy bien. También tengo de esos. Mis principios y deseos valen tanto como los de ella.

Soy un hombre de relaciones y sentimientos. No me acobarda tener que pelearla y mi intención es ganar. Pelear por pelear, como que no es lo mío.

Aclarados estos puntos. A ver si logro convencerla para una segunda vuelta antes de dormirnos. Esta noche la acurrucaré en mi pecho y le enseñaré lo bonito que es dormir abrazados a esta mujercita fría y calculadora, que tiene más tibieza en ese corazoncito de lo que cree.

Capítulo 42: Celine

$\mathcal{S}$*algo* del consultorio con el corazón galopando desesperado. Tengo fecha para mi primera ecografía. Este era el plazo que me había marcado para contarlo de una vez por todas. Tengo que hacerlo ya.

Envío un mensaje al grupo de mis amigas para citarlas en el restaurante.

Abro la aplicación y envío un mensaje al *cachorro*. Cuando quiero provocarlo, le escribo por allí:

«Hace varios días que no tengo sexo. ¿Te apetece o busco a otro?».

Sonrío al enviarlo y me subo al taxi, rumbo a la galería.

«Ufa, ¿esta noche? Mi hija se va a la casa de los abuelos y pensaba ir a bailar para ligar. Convénceme de cambiar los planes», escribe.

Es un atrevido. Adjunto una foto en la que estoy en bikini y me llama nada más verla.

—Acepto —dice cuando atiendo.

—Ven a mi casa después de la cena. Salgo con las chicas.

—¿Las conoceré por fin? —pregunta.

—Si eso quieres —respondo por primera vez y sin pensarlo demasiado. Estoy practicando el no hacerlo cuando de él se trata. A ver cómo me va.

Inspira profundo y sé que está contento por mi respuesta. Respeta mis frenos y estoy aprendiendo a ceder a sus necesidades. Quiere sentirse incluido y deseo comenzar a hacerlo.

—Muero de ganas por conocer a Conny. Ella era la ideal para mí, ¿verdad? —bromea.

—Tengo que colgar —sentencio.

Me hago la ofendida y se ríe.

—Me avisas a la hora que quieres que vaya, pelirroja. La próxima, sin bikini —ruega, y corta la llamada.

Llego a la galería y, nada más entrar, me encuentro con mi padre. Lo abrazo y se sorprende, pero me regala el tiempo que necesito para este apretón. Inspiro su aroma. Su barba, cada vez más larga, cosquillea en mi cuello. Él es mi lugar preferido en el mundo entero.

—¿Estás bien? —me pregunta, sin dejar de apretarme.

—Inusualmente feliz, dadas las circunstancias —le explico.

Toma mi cara entre sus manos, el rostro se le desfigura por la curiosidad. Sus ojitos se achican cuando sonríe. El hecho de saberme feliz lo llena de júbilo. No importan los motivos.

Le acaricio el arete que le regalé y, sin más vueltas, digo:

—Estoy embarazada. Solo Val lo sabe. Me enteré en la exhibición de Belyen. Enzo es el padre.

—No, no entiendo —tartamudea.

—Ya lo conocía. Fue accidental. Estamos intentándolo desde hace unas semanas —le cuento y agrego, con temor a una negativa—: Dime que te encanta la idea, papá.

Me estudia por largos segundos, sin dejar de acariciarme la mejilla.

—¿Te encanta a ti? —quiere saber.

Afirmo en silencio y me abraza con toda su fuerza.

—Seré el abuelo más feliz del planeta —susurra en mi oído.

Todos en la galería se enteran por los gritos que pega después. Me encierra en su taller y me pide los detalles. Le cuento algunos de ellos, los que no me dejan en evidencia como la mujer más terca del continente y los que lo tranquilizan a él.

El primer paso está dado. Voy por el segundo.

Me despido y conduzco hacia el restaurante.

Llego unos minutos tarde.

Alana está de visita en la ciudad por trabajo, por eso quise hacerlo esta noche.

Me ven llegar y arman alboroto. El griterío es nuestra

firma registrada mientras nos saludamos y hacemos el tonto.

Toto me guiña el ojo a la distancia y levanto la mano a modo de saludo.

—Hoy quiero dar un discurso y deben escuchar en silencio —anuncio.

Tres pares de ojos comienzan a estudiarme sin disimulo.

—Es injusto —refunfuña Val, parece conectar las ideas en el mismo instante y se cubre la boca—. ¿Harás el anuncio?

—¿Cuál? —pregunta Alana, mirándonos de manera alternada.

—¡Hablen ya! —ordena Conny en tono impaciente.

—Arruinas todo siendo tan intempestiva —reprendo a Val, que sonríe como una niña traviesa—. El cachorro y yo estamos viéndonos más seguido.

—¿En calidad de qué? —indaga Conny, buscando que me haga cargo de algún que otro sentimiento, me imagino.

—Apúrate que se me escapa —murmura Val, mordiéndose el labio.

—Dilo tú —indico, negando con la cabeza.

Me mira con la ceja elevada y se pone de pie, feliz.

—Celine va a tener un cachorrito. El *mocoso* ya se había desarrollado y puso la semillita en el lugar adecuado —bromea con el anuncio y se lo agradezco con una mirada.

—No muy adecuado. Hubiese preferido que le errara, la verdad. Haberlo planeado hubiese sido un detalle —expongo divertida, porque ya lo solté.

Mis amigas tienen la mandíbula desencajada. No pestañean. Toto, que estaba caminando hacia la mesa, se detiene en seco.

—Acércate. Están en *shock* —le explico.

—También yo —dice serio—. Felicidades. Me avisan cuando estén listas para pedir la comida.

Ha sonado más seco que de costumbre, la verdad.

—Acabas de romperle el corazón —murmura Val con carita de acongojada.

Era cuestión de tiempo que notase que no produce nada en mí. Lo aprecio como amigo, nada más. Me apena desilusionarlo, aunque no he sido yo quien le diera alas a esa ilusión.

Las chicas reaccionan por fin y aplauden, me abrazan y acarician el vientre. Conny llorisquea un poquito, porque anda un poco floja de emociones con su terapia y se emociona con facilidad. Me piden detalles y no se conforman con los que les di a mi padre. Ellas solo piden de los más escabrosos. Así termino exponiendo que, por mi cobardía, Enzo no está enterado de nada. En ese instante comienzan con las reprimendas,

y siguen con las amenazas inmediatamente después.

Se calman cuando les explico que quiero que lo conozcan. Mientras ellas hacen todo tipo de bromas al respecto de cómo me tiene *amaestrada, pescada* y cosas por el estilo, le escribo a Enzo para darle una hora en específico, como acordamos.

Hoy dejo de mentir y me abriré de verdad.

Capítulo 43: Enzo

Nunca creí que llegaría tan pronto este momento. Las tres mujeres me miran como si fuese algo especial, raro o fuera de este mundo.

—Listo, ya se pueden ir —comenta mi chica, y sonrío sin emitir palabra.

No tengo idea de cómo llevan la relación estas cuatro féminas que parecen de armas tomar cada una de ellas, por eso me mantengo al margen de sus pullas.

—Armaremos un grupo de mensajería, sin Celine, para conversar sobre detalles importantes. Seremos tu manual de uso para comprender a la pelirroja —bromea Val, creo que así se llama la rubia.

—Me vendría de maravilla un poco de ayuda, sí. Acepto, gracias —digo, y recibo una mirada intensa por parte de Celine.

Le guiño un ojo y las tres suspiran exagerando la

situación. Ella hace ese gesto tan suyo de poner los ojos en blanco y me la comería de un beso, pero no la voy a poner incómoda ahora.

—Se acabó la tontería. Se van —asegura la dueña de casa y las empuja hacia afuera.

Nos despedimos entre besos, abrazos y bromas, y por fin, nos quedamos solos.

—Me gustan. Conny es… ¡ufff! —exclamo para fastidiarla, para recordarle aquella sandez que dijo sobre que seríamos tal para cual o algo parecido.

Me observa con los ojitos entornados durante unos segundos y decide ignorarme.

—¿Pasa algo? —le pregunto cuando se acomoda en el sofá, con la cara seria y mirando hacia sus pies.

El silencio que hace me parece eterno. Se me atraganta la saliva. Espero impaciente a que hable. Lo hace levantando la vista y clavándola en mí, con su rostro pálido, denotando preocupación:

—Estoy embarazada —murmura, como si no quisiera que la escuchase.

Mi mundo se paraliza. No sé si por la impresión o la incredulidad de lo que acabo de escuchar, pero se me nubla la vista y tengo que sentarme también.

Las preguntas que se encienden en mi mente pueden parecer ataques a su persona; aun así, son dudas reales que tengo que esclarecer, quiera ella o no.

—¿Sabes quién es el padre? —le pregunto.

¡No te atrevas a juzgarme sin colocar en la mesa todos los datos!

Ella se presentó como una mujer libre que, con solo poner el dedo en la pantalla de su móvil, elegía candidato para tener una noche alocada sin compromiso. No evitaré reconocer que así nos conocimos. También me aseguró y echó en cara que no repetía con ninguno de ellos, que yo era la excepción y porque fui insistente. Estuvimos semanas sin mantener relaciones y me habló al respecto de que sus amigas decían que su relación con el sexo era un hobby.

Esto no se trata de estar juzgándola a ella tampoco; no lo hago. Hablaría mal de mí si lo hiciera, porque mi intención con Celine se volvió seria y no estaría con alguien a quien no respete.

Lo uno no quita lo otro.

No quiero hacerme cargo de lo que no me corresponde y tampoco voy a pecar de ingenuo por hacer silencio y evitar ofenderla.

—No me lo tomes a mal, Celine, pero nuestra historia nos condena. Seamos realistas. Bien sabes que puede ser de…

—Sé quién es el padre —responde en voz baja, interrumpiéndome.

No me mira. Se aprieta las manos mientras respira cada vez más rápido. No puedo interpretar lo que piensa.

—No quiero ofenderte. No te sientas enjuiciada, por favor —le explico.

Niega con la cabeza.

Como no agrega nada, doy por hecho que esto se acaba acá. Será por mi reacción o por la suya; no puedo evaluar los daños en este momento, tampoco sacar ni una puta conclusión. Su silencio habla más que todas las palabras que se traga, como siempre.

Esto me supera.

El móvil me suena y lo tomo sin pensar; necesito aferrarme a esta distracción.

—Hola, papi, ¿vienes a buscarme? —me pregunta Bella del otro lado de la línea, entre sollozos.

—¿Estás bien? ¿Qué te pasa? ¿Por qué lloras?

Mientras indago en lo que pueda sucederle a mi hija, miro a Celine, que levanta la vista y la clava en mí, perturbada por lo que escucha.

—Me duele la barriga —asegura mi pequeña, y su congoja me ablanda las rodillas.

—Voy a buscarte enseguida, mi amor. ¿Has vomitado?

—No, solo me duele acá —explica.

—No te veo, Bella, pero imagino dónde señalas.

Celine me hace un ademán con la mano para hacerme saber que soy libre de irme.

En silencio, modulo un «lo siento» y ella me responde con un «no pasa nada, luego hablamos», que entiendo a la perfección.

Llego a la casa de mis padres y entro sin llamar. Malala se pone en mi camino y me ruega hacer silencio.

—Se quedó dormida. Quisimos convencerla de que no te llamase, pero ya sabes cómo es. Tiene *papitis* aguda —me explica.

—¿Qué haces aquí? —le pregunto, ya más tranquilo por sus palabras.

—Vine a cenar con los chicos. Tu cuñado tenía un partido de fútbol.

—Para mí que tiene otra. Ya no te soporta —bromeo.

—Lo bien que hace —asegura sonriendo y observándome con cautela—. Tienes mala cara.

Mierda, con ella no puedo. Le tomo la mano y la guío para fuera de la casa. No quiero que mis padres escuchen.

Me apoyo en la pared y recibo un escrutinio exhaustivo.

—¿Qué pasó? —indaga.

—Celine está embarazada. No sé quién es el padre. Ella dice que sí sabe.

Se mantiene en silencio, dándome el espacio necesario para que deje salir todo lo que pienso. Solo después me dará su opinión. La conozco.

—Estábamos aprendiendo y lo llevábamos bien. Me enoja la situación; ¿es normal? —afirma en un movimiento rápido—. Es un compromiso que no creo poder asumir ahora mismo.

—No es tu compromiso —murmura, y asiento—.

Crees que quiere… no sé, como ya eres padre soltero…

—No. No es eso. Tiene los ovarios bien puestos. Ella sola sabrá salir adelante. Lo que me da bronca es que nos haya costado tanto tener algo bonito y que todo se vaya a la mierda, así, como así.

—¿Puede ser tuyo? —me pregunta.

Ni me lo planteo. Niego y chasqueo la lengua. Es imposible. Aprendí la lección. Me hago cargo de mi propio cuidado desde que mi ex se fue. No me importa cuántos métodos anticonceptivos use la mujer con la que me acuesto, yo siempre uso preservativo y comprados por mí.

—¿Qué vas a hacer?

Quisiera responder otra cosa, aun así, las palabras me salen solas.

—Necesito alejarme. Me encanta y creo que…

—¿Estás enamorado, Enzo? —me pregunta, rodeando mi cara con las manos. No necesito responderle—. ¡Lo sabía! Te vi venir.

—Pero no voy a meterme en ese lío. Mi responsabilidad es Bella. Por mucho que me duela, me alejaré de Celine.

Capítulo 44: Celine

$\mathcal{S}$*on* tres gallinas que no dejan de cacarear. Alana, desde el otro lado de la pantalla, se escucha menos, pero las dos que tengo a mi lado chillan y chillan.

—No griten más —ruego, poniéndome de pie y caminando en círculos.

—Es que eres tonta, amiga mía. ¿Cómo se te ocurre no decirle de una vez «es tu hijo»? Y listo. Es fácil. ¿Desde cuándo titubeas u omites? —pregunta Conny, visiblemente alterada por mi torpeza.

—Estaba nerviosa. Al verlo ahí parado, preocupado por lo que estaba por decirle, me acobardé. No tuve tacto. Se lo dije sin anestesia y pensé en su hijita. En su pasado. Le estoy complicando la vida —suelto rápido, casi sin respirar.

—Tocas bien el violín —se mofa Alana, del otro lado de la pantalla.

Soltamos la carcajada todas a la vez. Me lo merezco. Y sí, estoy siendo dramática.

—Cuando me preguntó si sabía quién era el padre, colapsé —les cuento.

—Cuando lo vea, me va a escuchar —sentencia Val con los dientes apretados.

—Tuve tiempo de pensar en ello —le explico.

Desde que Enzo se fue, pasaron como treinta y seis horas.

Necesité, después de intentar huir como de costumbre, pensando en cosas *random* y masturbándome, para no perder la costumbre de evadirme a bases de orgasmos, sincerarme conmigo y enfrentarme.

La conclusión a la que llegué es simple: su pregunta es tan válida como cualquier otra.

No puedo, aunque eso pasó al principio, seguir ofendida con él.

Ante el silencio de mis amigas, las desafío, como lo hice conmigo:

—Cúlpenlo. Digan que no tiene razón en pensar que puedo desconocer la identidad del padre. Si no hubiese seguido viéndolo a él, ¿sabría dónde buscarlo? —les pregunto.

Se me llenan los ojos de lágrimas. Asumir las consecuencias de los actos irresponsables duele. Uno no sabe el alcance que pueden llegar a tener las negligencias cometidas hasta que se da de frente con el resultado.

Nadie está exento de cometer errores, lo sé y no soy la excepción. Aunque debo reconocer que mi vida sexual se había convertido en una carretera sin fin que no me llevaba a ningún lado.

—¿Saben qué? No es grato que te echen la verdad en la cara, pero respeto a quien sabe hacerlo. Si quiere escucharme, aclararé la confusión, pero sin obligarlo a nada.

—Es el padre —gruñe Alana.

—¿Lo obligo a serlo para que lo abandone más adelante? Duele mucho más eso, te lo aseguro. Y no me vengas con que debe ayudarme económicamente, porque mi ego se resiente. Me importa una mierda su dinero, priorizo la salud emocional de mi bebé.

Tres horas después, me encuentro tocando timbre en su casa. Vine sin avisar y no me hace sentir cómoda la situación. Sé que estoy obligándolo a escucharme y es lo que busco.

—¿Celine? ¿Estás bien? —me pregunta al verme y cierra la puerta, dejándonos fuera.

—Estoy bien. No me maquillé —le explico al ver cómo repasa mi rostro.

—Es más que eso. ¿Lloraste? Se me caería un mito —bromea.

—Jamás. ¿Por quién me tomas? —ironizo y

sonreímos—. Quería explicarme, porque el otro día me quedé sin palabras.

—¿Quién es, papá? —pregunta la chiquilla, abriendo la puerta de golpe.

Me mira de arriba abajo y gira de lado la cabecita; el flequillo le cubre un ojito y se lo sopla para poder observarme sin que nada la moleste.

—Yo te conozco —asegura.

—Soy Celine, de la galería de arte donde expusiste tus cuadros —le explico.

Abre los ojos muy grandes antes de preguntar por mi amiga. Le digo que está bien y, al ver que la niña quiere seguir hablando, Enzo nos interrumpe, mandándola dentro y se disculpa por no permitirme pasar. Argumenta que están sus sobrinos y no podríamos conversar tranquilos.

—No pasa nada. No sé si es apropiado el momento o lugar, pero no puedo esperar más. Me disculpo de antemano. Eres el padre, Enzo —suelto, y mis hombros se aflojan al instante.

—No es posible —murmura después de un par de segundos.

Voy a darle la explicación con la que llegamos a una conclusión mi ginecólogo y yo. Creemos que es lo que pasó.

—Te encanta remolonear con el condón puesto y no soy capaz de evitarlo, porque nunca experimenté una

288

sensación tan bonita. Sabes que los espermatozoides son curiosos y rápidos, escapan del condón con más facilidad de la que pensamos. Piénsalo otra vez —digo guiñándole el ojo—. Ahora, súmale a la ecuación que mi DIU estaba caducado.

Lo dejo digerir la información un instante, aunque ya lo hará a solas después, y agrego:

—No vine a querer convencerte de nada. Eres libre de decidir. Ya sabes que soy una mujer especial. Estoy dispuesta a hacer un ADN si lo solicitas.

No tengo nada más que decir y él, mucho que pensar y decidir.

Me doy la vuelta y me alejo en silencio. Sé que lo noqueé con lo que le dije, pero era necesario. Mi salud mental me obligaba a sincerarme sin más demoras.

—También sabes dónde encontrarme si quieres que hablemos —agrego desde la puerta de mi coche.

Entro y dejo el bolso en el asiento del acompañante. Enciendo el motor y, cuando quiero arrancar, se interpone en mi camino.

—Me odio por preguntarte esto. ¿No me estás mintiendo?— indaga en voz baja y ronca, abriéndome la puerta del coche para que pueda escucharlo.

—No estuve con nadie más desde que te conocí, Enzo. No sé por qué. Lo intenté y encontré excusas válidas que me lo impidieron —declaro.

—Es el efecto que causo. Eso me dijeron —bromea, y

sonríe tan bonito que me hace suspirar—. ¿Te veo esta noche?

—Estaré en casa —digo.

Cierra la puerta y hace un ademán con la cabeza.

No tengo ni idea de lo que implica este último diálogo y no me voy a detener a pensar. No tengo energía para las adivinanzas.

Me pongo en marcha. Me alejo sin mirar atrás. Tengo que darle tiempo porque no quiero abrumarlo.

No sé qué piensa o qué siente, pero te puedo garantizar que yo estoy al borde del colapso.

Las ganas que tenía de besarlo me dolieron en el pecho y lo reconozco ahora que lo veo hacerse pequeño en el espejo retrovisor de mi coche.

Capítulo 45: Enzo

Abre la puerta en pijama y descalza. Tiene la cara limpia de cualquier rastro de maquillaje y lleva el cabello recogido. Es preciosa por dónde la mire.

—Pensé que ya no vendrías. Puedo vestirme —me explica.

—No hace falta.

Me señala el sillón y tomo asiento, aunque me arrepiento y me paro de inmediato.

—Sabes que la vida es complicada con un hijo, ¿verdad? Criarlo en soledad es una mierda porque toda la responsabilidad es tuya, no la compartes. Los miedos, las dudas, los errores… todo es tu obra. Para bien o para mal, lo hagas como lo hagas, es tu responsabilidad.

—La verdad es que no lo pensé todavía —susurra, asustada.

—Es la verdad, no te voy a endulzar la realidad. Entre

los dos lo haremos mejor, supongo. Yo ya tengo un poco de experiencia.

Me estudia con la mirada. No digo nada, solo me acerco a ella y le coloco un mechón de cabello detrás de la oreja.

Me aterra la situación que nos toca vivir, pero nos toca, no hay otra. No sé si seremos felices o apenas duraremos un año juntos.

¿Acaso importa?

¿Eso es motivo para no intentarlo?

Soy un tipo simple, qué le voy a hacer.

—No hay garantías de nada, pelirroja. Prometo hacerlo lo mejor que puedo. Me necesitas —bromeo.

—No te necesito —reacciona de inmediato, y se deja abrazar por mí después de reír.

El silencio entre nosotros siempre ha sido el discurso que no sabemos pronunciar. Nos entendemos así.

Alcanza con que le bese los labios con un roce suave y le guiñe el ojo. Ella me acaricia el pecho, sin mirarme, hasta que suspira.

Esto es todo. Acabamos de entregarnos a este destino antojadizo.

—¿Te sientes bien? Quiero que me lo cuentes todo. ¿Cómo te enteraste?— le pregunto al ver que se aleja y me mira a los ojos.

Espera a que sonría para darle permiso de romper la intensidad que nos rodea. Asiento con ademán que ella entiende.

—Creí que venías a otra cosa, cachorro —ronronea, y me muerde el labio.

No tiene que insistirme mucho, la verdad. Las respuestas pueden esperar. La observo unos segundos para saber que su reacción no tiene nada que ver con mis preguntas y que de verdad quiere que acepte este impase.

—Deja de buscar... estoy bien —aclara—. Me dio miedo perderte.

Disimulo, claro que lo hago. Le abrazo la cintura y la acerco.

—¿Es una declaración, pelirroja?

—De perderte como juguete sexual, *baby*, no me interrumpas —agrega al final, con los ojos en blanco.

Nos prendemos fuego en el primer beso.

No avanzamos más allá del sofá, aunque acabamos en la alfombra por la torpeza con la que nos desnudamos.

Una vez que la tengo debajo de mi cuerpo, me detengo un instante a observarla y delineo su nariz, mejillas, labios. Lo hago lento, con ganas de memorizarla.

—¿Qué haces? —me pregunta en voz baja, acariciándome la espalda.

—Te aprendo —respondo con sinceridad.

Suspira y me da el tiempo que necesito.

No tengo muy claro cuándo pasó, pero pasó y no lo voy a negar, por mucho que ella lo prefiera. Me encanta sentir todo lo que me hace sentir. Con un hijo o sin él, ya veremos a dónde nos lleva esta aventura. No me asusta. Ya pasé por ahí.

—No tengo la fecha exacta —murmuro después de darle un beso corto—, aun así, puedo reconocer en voz alta, y a sabiendas de que quizá mañana no quieras volver a verme, que me enamoré de ti.

Se retuerce debajo de mi cuerpo. Lo sabía. Lo esperaba.

—Shhhh, no te escapes —ruego, aplastándola con un poquito más de fuerza para forzar el contacto.

La beso lento, la acaricio con suavidad. Es ella quien saca la lengua y la incluye en el juego. Lo tomo como una respuesta positiva a lo que le dije.

Cierro los ojos y dejo salir el aire que retenía.

Esta mujer me pone contra las cuerdas en todos los sentidos y sigo preguntándome: ¿quién es esa chica?, como cuando la vi por primera vez. No es de mi mundo, es de uno especial. De «su» mundo particular y me está dejando entrar.

¡¿Crees que soy tan tonto de no aceptar la invitación?!

Por supuesto que no.

Siento sus manos en mi culo, apretándome contra su cuerpo. Bajo mi boca a sus pechos y los beso, los lamo y mordisqueo sin prisas.

—Me arriesgaré con una afirmación, pelirroja —le aviso, escuchando sus gemidos bajitos—. Sientes lo mismo por mí y no me lo dirás. No importa, lo acepto con una condición: que sigas permitiéndome adivinarlo en tu mirada. Lo que sí te prohíbo es que intentes decirlo justo cuando tengas a mi *bestia* en la boca.

—¡Eres un engreído cochino! —exclama, golpeándome el brazo.

—Qué interesante que no lo niegues. Me quieres, nena —reconozco en voz alta.

Sonríe y eleva los hombros. Se me hincha el pecho, no puedo alejar mi mirada de sus ojos a pesar de tenerla desnuda y a mi disposición.

Me lanzo como un kamikaze, ya nada me acobarda.

—Llegó el día —digo.

Eleva las cejas a modo de pregunta.

—De hacer el amor. Yo te avisé que estábamos de camino y te di tiempo para que lo asimilaras. No quiero quejas.

Niega con la cabeza, riendo. Se muerde el labio y me desafía con la vista.

—¿Puedes hacer tu cursilería aquí en la alfombra o necesitas un colchón? —pregunta por fin.

—Tengo claro que nada será fácil contigo. Elige tú. Probemos a tu modo y, si no, lo haremos al mío.

Epílogo

Dos meses después.

Me siento una ballena. Es una descripción bastante acertada de mi apariencia actual.

La barriga ha salido de golpe y mi ropa dejó de servir. Mis adorados tacones suponen un peligro para mi integridad y la del pequeño remolón que crece dentro de mi cuerpo. Los extraño. También extraño mis vestidos escotados. No es que no pueda usarlos, es que no debo, si no quiero ser apresada por exhibicionismo. ¡Mis tetas son dos sandías!

Según dijo mi suegra, su hijo «hace» niños grandes. No mintió. El médico me lo confirmó y el bulto que oculta mi camiseta larga de dormir lo pone en evidencia.

Resumo un poco mi vida. Sigo viviendo sola y es el plan hacerlo indefinidamente. Solo me dejo ganar por frases como:

«Pasa el fin de semana conmigo. Compramos comida el viernes, salimos el sábado, el domingo vemos películas tirados en el sillón y haremos el amor los tres días, porque se nos da muy bien. Practiquemos para cuando me ruegues casamiento o compromiso permanente con cama dentro».

Tonterías como esas me llevan de las narices a internarme en su mundo ideal de la familia perfecta y no te negaré que acoplamos con una exquisitez espantosa.

Son sueños bonitos que todavía no me atrevo a soñar.

Conny me convenció de hacer terapia para aprender a disfrutar de mi presente sin la presencia de los fantasmas del pasado. Le hice caso. Llevo solo tres semanas con un psicólogo. Todavía no discutimos ni me levanté y lo dejé hablando solo.

Datazo extra: mi padre y su amiga hicieron un trato, según ellos, «práctico para la edad que tienen», y se mudaron juntos.

No me hagas repetir esta locura, que todavía no lo visualizo. Me consuela que se miran lindo y, aunque se oculten todavía, la *practicidad* que pregonan incluye besos. Los espié.

Lavo el plato que acabo de usar y suspiro al escuchar el timbre. No espero a nadie.

Abro después de echar un ojo por la mirilla y Bella entra como un rayo.

—Hola, Celine. Vinimos a quedarnos —explica, besando mi barriga de paso y acomodando un montón de artilugios de pintura en mi mesa del comedor.

El padre, con su maravillosa cara de «yo no rompo un plato, pero crío mocosas malcriadas como la que te robó el corazón, aunque lo niegues», eleva las manos, resignado.

—Dice que en mi casa hace frío y que la tuya es más calentita.

—Estamos en verano —expongo, frunciendo el ceño.

—Será el aire acondicionado central, no lo sé —murmura él y me abraza para hablarme al oído—: Te voy a quitar esta fea camiseta con los dientes cuando se duerma.

Mis hormonas embarazadas le dan la bienvenida a la idea y comienzan a cantar una canción de cuna para que la chiquilina se vaya a la cama.

—Listo, ya preparé todo para mañana. Me voy a acostar —anuncia Bella, acercándose para darnos el beso de buenas noches.

—¿No te olvidas de algo? —susurra el padre, pero lo escucho a la perfección.

¿Qué traman?

—Ah, sí. Debes abrazarlo porque es friol… ¿Cómo era? Explícaselo tú, sin miedo. No es mala —dice a Enzo y se interna en la habitación que acondicionamos para ella y el hermanito que está por llegar. Antes de cerrar la puerta, agrega—: Sueñen bonito.

—No vas a educar a mi hijo. Si esto es lo que haces con los niños, lo evitaré. Crías monstruos —aseguro entre risas y, por fin, cierro la puerta de mi apartamento.

—Nuestro hijo —me reta.

Enzo es muy cariñoso y no me puedo resistir a su ternura. Me besa y acaricia, guiándome al dormitorio.

—Te extrañaba. ¿Y tú?

—Yo no —bromeo.

En un abrir y cerrar de ojos, me desnuda.

Mi noche acaba de mejorar un mil por ciento, aunque mañana no lo reconozca ni porque me paguen.

Nos levantamos temprano y decidimos ir a pasear. Bella se entusiasma con la idea de comprar ropita para su hermanito.

Será un varón.

Y no, todavía no nos ponemos de acuerdo en el nombre. No sé si lograremos hacerlo algún día.

—¿Sigues sin ser la novia de mi papá? —quiere saber la niña.

Es una broma que nos traemos con ella y hacemos renegar al *cachorrito mimoso*.

—Sí —respondo, con su manita prendida de la mía.

—Yo sigo dispuesto, aunque no quiero presionarte

—aclara mi chico, mordiéndome la oreja.

Caminamos abrazados, como la pareja que me he permitido ser a pesar de los miedos y dudas.

—No haces otra cosa desde que te conozco, presionas y presionas —me quejo.

—Qué mal concepto tienes de mi insistencia por conquistar ese corazoncito tan esquivo —explica entre risas, mirando a su hija para incluirla en la conversación.

—Ya lo lograrás, papi —dice la niña con seguridad, dándole ánimos.

Es para comérsela a besos.

Damos dos pasos más y siento cómo tiran de mi hombro para girarme hacia un costado.

Grito del susto y Bella lo hace también.

—Olvida que me viste —murmura Val, toda alterada, poniéndose ante mí.

¿De dónde ha salido?

—Es que no te había visto —le aclaro, asombrada y todavía espantada.

—Estaba ocultándome detrás de la columna —me cuenta, señalando un poste adornado por una planta artificial.

—¿Por qué te ocultas? —le pregunto, buscando detalles a su alrededor que pongan esta aparición en contexto.

Se la nota alterada. Muy alterada.

Me mira y señala hacia mi espalda, puntualmente,

hacia una mesa de la cafetería que tenemos a un lado. Cuando cree que tengo el punto marcado en la mira, se acerca a mi oído y murmura:

—¿Sabes quién es? —Asiento.

De paso, y solo para que comprendan que estoy a salvo, miro a Enzo y a Bella, que no salen de su asombro. Supongo que quieren respetar el ataque de nervios, o locura, de mi amiga y se mantienen alejados.

—Está con su ex —agrega—. Su ex. Observa bien. Es. Su. Ex —dice, haciendo una pausa larga entre palabras para darle misterio a la frase completa.

Caigo en lo que quiere exponer y abro los ojos enormes. Me planto frente a su mirada, con el descubrimiento todavía sin hacer conexión en mis neuronas.

—¡¿Su ex?!

Por toda respuesta, eleva los hombros y las manos.

Acaba de complicársele la vida a mi amiga.

Fin

¿Te gustó el libro?
Me encantaría saber cuánto. Me haría feliz conocer tu opinión. ¡Gracias!

Lee o toca el código

Sobre la autora

Ivonne Vivier no es mi nombre real, es mi seudónimo. Con él vivo historias de amor apasionado y dejo volar todas mis fantasías para crear romances de esos que roban suspiros. Desde que me atreví a escribir mis primeros párrafos, descubrí que esta era mi verdadera pasión.

Soy argentina, nací en 1971 en una ciudad al noroeste de la provincia de Buenos Aires, aunque, actualmente, resido en Estados Unidos. Estoy casada y tengo tres hijos, que ya aprendieron a volar solos.

Como madre y esposa, un día me encontré atrapada en la rutina diaria y me animé a volcar mi tiempo a la escritura.

Desde entonces, disfruto y aprendo dándole vida y sentimientos a mis personajes a través de un lenguaje simple y cotidiano. Lo que comenzó como una aventura, tal vez un atrevimiento, hoy se ha convertido en una necesidad.

Nota de la autora:

Si te ha gustado la novela / libro me gustaría pedirte que escribieras una breve reseña en la librería online donde la hayas adquirido (Smashwords, iBooks, Amazon, etc.) o en cualquiera de mis redes sociales. No te llevará más de dos minutos y así ayudarás a otros lectores potenciales a saber qué pueden esperar de ella.

¡Muchas gracias!

Facebook Instagram TikTok

$\mathcal{L}$os libros de Ivonne

Scan Me

Made in United States
Orlando, FL
13 May 2025